허참…
정말이라니까!?

허참…
정말이라니까!?

초판1쇄 인쇄 2020년 9월 13일
초판1쇄 발행 2020년 9월 15일

지은이 차문환
발행인 이왕재

펴낸곳 건강과 생명(www.healthlife.co.kr)
주   소 03082 서울시 종로구 대학로7길 7-4 1층
전   화 02-3673-3421~2 팩 스 02-3673-3423
이메일 healthlife@healthlife.co.kr
등   록 제 300-2008-58호

총   판 예영커뮤니케이션
전   화 02-766-7912 팩 스 02-766-8934

정   가 12,000원

ⓒ건강과생명 2020
ISBN 978-89-86767-51-3 04810

'라온누리' 는 도서출판 '건강과 생명' 의 새로운 출판브랜드입니다.

이 도서의 국립중앙도서관 출판예정도서목록(CIP)은 서지정보유통지원시스템 홈페이지(http://seoji.nl.go.kr)와 국가자료종합목록 구축시스템(http://kolis-net.nl.go.kr)에서 이용하실 수 있습니다. (CIP제어번호 : CIP2020037836)

삶의 지혜와
교훈이 담긴
이야기

허참…
정말이라니까!?

차문환 지음

김영육군리

흔하디 흔한 글들 중 하나요, 그저 좋은 글 중의 하나인 이야기들을 책으로 낸다는 것은 상상도 못했던 일이며, 그러면 안된다는 생각이 지배적이었습니다. 지난 3년여 동안 필라 지역 주간지에서 이런 글들을 게재해준 것만도 고마운 일이었기 때문입니다.

또한 길거리에서 만나는 많은 분들이 글을 잘 보고 있다는 인사말을 전해주신 것만으로도 이미 충분한 감사의 마음과 위로를 받았기 때문입니다.

우연찮은 계기로 인해 한두 편 쓰기 시작했던 것이 몇몇 사람들의 격려와 위로를 받으며 주마가편(走馬加鞭) 힘을 얻어 쓰게 된 자칭 '철학이 있는 이야기'「허참 … 정말이라니까!?」가 약 3백여 편을 넘게 되었습니다.

그리고 최근 지인들의 갑작스러운 출판 이야기가 불거져 나오고, 생각지도 못한 책 발행에 대한 후원까지 받으면서 이는 아마도 하나님의 뜻인가 보다라는 생각으로 감히 활자화해볼 용기를 갖게 되었습니다.

시라고 하는 것, 글 한 줄 쓴다고 하는 것은 저의 삶에서는 상상도 할 수 없었던 일입니다. 글과는 거리가 먼 제가 22살 청년의 때에 하나님을 만나게 되고, 하나님께서 성경적인 지혜와 믿음을 주시는 은혜에 힘입어 신앙생활을 해오게 되었고, 끄적거리며 겨우 한두 줄 쓰게 된 것이 글의 시작이 되었습니다.

그 후 출판사에서 일을 하게 되면서 자그마한 리포트를 정리하는 센스를 갖게 되었고, 그런 경험은 내용의 좋고 아님을 뛰어넘어 깔끔하게 정리한 리포트로 신학교에서 A학점을 얻게 하기도 하였습니다.

하나님께서는 신학교를 졸업한 후 목회사역의 길이 아닌 문서선교 사역의 길을 열어 주셨고, 나는 목회를 할 수 없는, 아니 못한다는 부끄러움을 스스로 달래며 『건강과 생명』이라는 월간지에 매월 수필 형식의 글로 복음을 전하면서, 월간지 한 권 한 권을 나의 성도라고 생각하면서 10여년 동안 사역을 해왔습니다.

그리고 20여 년 전 이곳 필라델피아에 와서 당시 미주 동아일보라는 일간지에서 편집과 기자 일을 하면서 글을 쓰게 된 것도 커다란 도움이 되었고, 또한 신문사에서 활동하며 알게 된 – 지금은 많은 분들이 세상을 떠나시고 일선에서 은퇴하신 – 이민 1세대 되시는 분들의 교제와 사랑, 격려하심도 꾸준하게 글을 쓰도록 해주셨습니다.

이러한 일련의 모든 경험들로 인해 지난 2012년 한국신춘문예에 수필로 등단케해주시는 하나님의 은혜를 맛보기도 했습니다.

　또한 13년 넘게 당뇨로 인한 중풍으로 병상에 누워있는 아내를 바라보며 애잔한 마음으로 글을 쓰게 된 것이 나름 따스하고 정감 있는 글들을 만들어낸 듯 싶습니다.

　그러나 아직도 미숙하고 부족합니다. 이번 첫 출판의 기쁨이 순간의 기쁨으로 끝나지 않도록 더욱 경주를 할 것입니다. 그리고 글을 통해 하나님의 은혜와 사랑 이야기를 전하는 데 최선을 다할 것입니다.

　특별히 금번에 책을 낼 수 있도록 후원을 아끼지 않으신 두 분 권사님에게 감사의 말씀을 드립니다. 간절한 요청에 의해 성함은 밝히지 않지만, 주님은 아시고 은혜로 함께하여 주시리라 믿으며, 아무쪼록 두 분의 기도와 후원이 헛되지 아니하도록 본 책자를 통해 많은 분들이 위로와 힘을 얻고 하나님을 만나는 축복을 받으시기를 기도드립니다.

2020년 9월

필라델피아에서 _ 차문환 목사

추천의 글

최복규 목사 _ 現 소련선교회 이사장
한국중앙교회 원로목사

"바쁘고 힘든 미국생활에서 어찌 글을 써서 책으로 내겠다
는 것인지?" 장거리 전화를 받으면서 의아하게 생각했으며, 한
편으로는 반가웠다.

　본래 한국에서 태어나 성장하면서 가정이나 교회, 가는 곳
마다 착하고 성실한 사람으로 인정받았던 사람이었기에 반가우면서도 궁금했다.

　보내준 책명(冊名)을 보니 『허참… 정말이라니깨?』라는 언뜻 보기에 이해되지
않는 제목이었다. 그래서 더욱 궁금증을 자아냈다. 그리고 내용을 읽어보니
"허참 …" 정말로 이해가 갔다.

　이 책의 필자는 평생을 목사로서 말과 글로 복음사역을 한 사람이다. 그럼에
도 불구하고 이런 글을 쓰게 된 까닭은 무엇일까? 아마도 서로 속고 속이며 이
제는 부모 형제 그리고 성직자까지도 믿을 수 없는 불신풍조가 만연한 이 세상
의 안타까운 모습을 보며, 종말 심판의 끝자락이 가까웠음을 직감한 필자가 가
장 가까운 친구에게 하듯, 마지막 호소하는 심정으로 이 글들을 써내려 간 게
아닌가 싶다. 나도 창세기 3장을 다시 찾아 읽으면서 전적으로 동감할 뿐 아니
라 나 스스로 반성하며 큰 은혜를 받게 되었다.

　남녀노소 불문하고 삶의 진실한 교훈과 지혜가 듬뿍 담긴 글로 마치 잠언을
읽는 것 같았다. 성도들은 물론, 많은 분들이 읽는다면 참으로 유익하리라 믿어
진심으로 추천하는 바이다.

추천의 글

호성기 목사 _ 필라 안디옥교회 담임
세계전문인선교회(PGM) 국제대표
한인세계선교동역네트웍(KIMNET) 대표회장

 마음의 생각을 표현하는 방법은 세 가지입니다. 첫째는 말로 표현합니다. 둘째는 글로 표현합니다. 셋째는 행간으로 표현합니다. 말로 표현되는 한 사람의 생각은 순간적인 감동과 울림을 줄 수 있습니다. 반면에 들을 때 뿐이요, 나의 사고의 영역에 깊은 공감이 오래 가지 못할 때가 많습니다.

그러나 한 사람의 생각이 글로 표현되면 그 사람의 인격의 깊이와 내면세계의 영성의 흐름이 나의 가슴에도 깊숙이 흐르게 되는 법입니다. 곧 글은 쓰는 사람의 인격이요, 삶이요, 메시지입니다. 메시지가 메신저가 되고, 메신저가 메시지가 될 때 진실된 소통과 감동을 체험할 수 있게 됩니다.

차문환 목사님의 글은 그의 깊이 있는 인격과 영성이 그대로 반영된 차 목사님의 삶입니다. 차 목사님의 말과 글은 삶과 하나입니다. 꾸밈없는 진실됨이 글 속에 흐릅니다. 그래서 전달자인 메신저의 메시지가 가슴에 울림을 줍니다. 차 목사님은 평상시에도 주저리 주저리 말과 글이 길지 않습니다. 간결합니다. 그러나 깊습니다. 그리고 그 메시지가 울림이 되어 내 가슴에 흐르게 합니다.

또한 차 목사님의 글을 읽으면 행간으로 소통하심을 느낍니다. 즉, '침묵의 소리, 침묵의 메시지'가 있습니다. 그래서 책을 덮으면서 생각하게 합니다. 나를 돌아보게 합니다. 그리고 나는 어떤 반응을 보이며 살 것인지 침묵 속에서 그의 메시지를 전달 받습니다.

그래서 담백합니다. 많은 양념이 들어가지 않고, 꾸미고 치장하지 않고서도 공감을 갖게 합니다. 고개를 끄덕이게 합니다. 그리고 그 길을 함께 가고 싶은 마음을 갖게 합니다. 잠잠하지만 찔림이 있고, 찔림이 있지만 힐링이 있습니다.

하여, 시간 없고 바쁜 이 시대의 모든 분들께 일독을 권합니다. 차 목사님의 정신세계와 영성세계가 간결한 메시지를 통해 나에게도 전달되어 잠잠한 가운데 심령에 솟구치는 영적인 용솟음을 느낄 것입니다. 광야 같은 세상에서 주님이 만드시는 길과 샘으로 인도받게 될 것이기 때문입니다.

✽ 목차

1부

삶의 지혜와
철학이 있는 이야기

시선을 한 곳에만 두지마

너의 시선을 한 곳에만 두지마
어떤 사물을 관찰할 때는
뚫어지게 집중하는 것도 필요하지만
너무 집요하게 한쪽만 바라보지마
너무 집중해서 하나만 생각하면
더 좋은 생각이 떠오르지 않아

생각을 하나만 하지마
잘못하면 편집증 환자가 될 수 있어
세상의 보이는 현상만을 보려고 하지마
보이는 것이 전부가 아니잖아
세상에는 보이지 않는 중요한 것들도 많아
현상 이면의 보이지 않는 것들도 아주 중요해

누가 어떤 말을 해도
들리는 그 말로만 듣지 말고
그 사람 입장에 한번 서봐
그러면 그 사람 내면의 다른 소리가 들릴 거야

보이는 것을 중요하게 생각하는 사람은
체면을 중시하고
겉치레질 하기를 좋아하나
내면을 더욱 단장하는 철든 사람도 있어

외형을 중시하는 사람은
사람들을 피곤하게 하고
내면을 중시하는 사람은
사람들을 편안하게 해줘

사물을 볼 때에도
여러 각도에서 보도록 해봐
미처 알지 못하고
보지 못했던 것들을 얻을 수 있어

길은 한 갈래만 있지 않고

여러 갈래가 있거든?
어느 길을 선택하든
너의 몫이지만
길옆의 다른 것들도 한번 봐

그러면, 어느 길로 가는 것이
더 나은지를 볼 수 있을거야.

허참 …
정말이라니까!?

놓을 줄 알아야지

나이가 들어가면서 느끼는 건
하나 둘 나에게서 떠나간다는 거야

내가 붙잡고 있던 것도
내가 가지고 있던 것도
내가 품고 있었던 것도
내가 붙좇고 있던 것도
모든 것이 다
하나 둘 나에게서 떠나간다는 거야

어느 날 돌아보면
내 주변에 있었던 많은 것들이
한 자리 한 자리 빈 자욱만을 남기고

나의 발자국만 남아 있더라니까

사랑하는 가족들도
정 나누며 웃고 울며 부대끼던 친구들도
어느새 나를 떠나갔더라구

아직도 무언가 잡고 싶고
갖고 싶어하는 것, 그것을
꼭 미련이라고만 말하지 않겠어
그것은 아직 젊다는 거 아니겠어?

그런데 말이야
제대로 나이 들어가는 사람은
내가 가지고 있던 것을
내가 잡고 있었던 것을
제때 놓을 줄 아는 사람이더라구

인생이란 잡으려 하는 게 아니고
무엇인가 남기고 쌓으려 하는 게 아니라
내 가진 것들을 잘 정리하고
깨끗한 손으로 돌아가는 거더라구.

판단하지마

너무 쉽게 결정하지마
매사에 신중을 요할 때도 있거든?
사물을 볼 때에도 너무 쉽게 판단하지마

사물마다
하나님이 주신
특별한 무언가가 있어

그 말은 너에게도
특별한 재능이나
뛰어난 무언가가 있다는 말이지

말 한마디로

어떻게 상대방을 다 헤아릴 수 있겠니
이런 말이 있잖아
"사람은 겪어봐야 안다"는 …

같은 말을 할 때에도
같은 행동을 할 때에도
사람에 따라 달라

그렇기 때문에
말 한마디 행동 하나로
그 사람을 다 알 수는 없어
사람들은 친구가 아닌 경우에는
자기 속을 그리 쉽게 드러내지 않거든?

그러니 너무 쉽게
사람을 평가하거나
판단하지 말아줘

그렇다고
"신중하지 말아라"하는 말은 아니야
경거망동을 하지 말라는 말이지

너무 급하게 판단하다가
정말 좋은 친구를 놓칠 수 있어

한 가지 팁을 준다면,
그 사람이 나에게나
그 누구를 대할 때
악의를 가지고 그러는 것인지
아닌지만 생각해봐
악의가 없다면
그 사람 자체가 그런 거거든?
그럴 땐
그 사람을 판단하면 안 되지

항상 매사에
상대방을 나보다
낮게 여기는 마음을 가져봐
다시 말해 네 마음의 여유를 가져봐
그러면, 다른 시각으로
그 사람을 이해할 수 있는 마음이 생기거든?
네가 누군가를 판단하면
누군가도 너를 판단한다는 것을 잊지마.

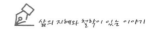

별들의 속삭임

하루 해가 서산에 걸치면
붉게 물든 황혼빛이 아름답기도 하지만
삶의 무상함을 느끼기도 하지요

아무 생각 없이 우리들이 하루를 보낼 때
지구는 부지런히 한 바퀴를 돌았습니다
돌 뿐 아니라 아주 열심히 달리고 있습니다
1년 365일을 쉬지 않고
바지런히 달리고 있습니다

지구상의 수많은 군상(群像) 들을 싣고
그 군상들의 수많은 애환을 싣고
그 군상들의 세월을 엮어가면서

달리고 달리고 또 달리고 있습니다

1년 365일 동안 태양을 한바퀴 도는 거리가

9억 4천2백50만km라 합니다

1초 동안에 약 30km

와우!

똑딱 하는 순간에 30km라니 …

그렇게 태양을 80여 번 돌고 나면

우리는 어느새 꼬부랑 늙은이가 되어 있는 것입니다

저 멀리 있는 천왕성은

태양을 한 바퀴 도는 데 84년 정도 …

천왕성이 태양을 한 바퀴 돌고 나면

80 우리네 인생은 끝나는 것입니다

어떤 사람은 12장 달력을 찢어내는 데서

인생의 무상함을 보기도 합니다

저는 저 멀리 별들의 속삭임을 들으며

인생을 보기를 좋아합니다

밤중에 하나님이 아브라함을 불러

하늘의 뭇별을 바라보게 하시고
약속하시던 그 하나님의 속삭임을 들어봅니다

별과 별들의 회전 속에는
어떤 신비함이 숨어 있나 봅니다
저들이 한 바퀴 돌면서
긴 별 그림자를 그릴 때
인생이 그렇게 익어가고 있는 것을 보면 말입니다

내가 태어나던 날부터
돌고 돌던 지구가
벌써 예순 다섯 번이나 돌았습니다
도는 것을 전혀 느끼지 못했는데도 …

얼마나 더 돌지 모릅니다
얼마나 더 많은 별들의 속삭임이 있을지 모릅니다
그 사이에 얼마나 더 늙어갈지도 …

인생이 아무것도 가지고 가지 못하는 것은
지구가 부지런히 돌고 달리기 때문인가 봅니다
그래서 무언가를 쌓아놓을 수가 없는 거겠지요

아니, 미련스럽게
그 무엇을 쌓아두지 말라는 가르침인지도 모릅니다

문득 이 노랫말이 생각납니다
"저 별은 나의 별~!
저 별은 너의 별~!"

이후에 내가 저 별들 중 어느 한 별이 되어 있을 때
사람들은 또 나처럼 노래할 것입니다

"저 별은 나의 별~!
저 별은 너의 별~!"

그러면 나는,
저 별들과 함께 달리고 달리며
꿈과 희망의 메시지를
하나님의 영원하신 약속을
저들에게 말해줄 것입니다

"밤 하늘의 뭇별을 바라보며
별들의 속삭임을 들어보라"고 말입니다.

겉절이보단 묵은 김치 맛이 …

입맛을 돋우는데
양념 맛으로 먹는 겉절이도 좋지만
진짜 입맛을 살리는 데는
묵은 김치가 훠얼 낫지

싱싱한 채소도 좋지만
살짝 익혀 먹는 채소가
더 부드럽고 먹기 좋을 때가 있어

인생도 마찬가지야
요즘 젊은이들
좀 배워서 똑똑하다 하지만
인생을 살아본 배움이 없으면

인생에 대해 노래할 수가 없어

밤새워 깊이 우려낸
설렁탕 맛이 그윽한 것처럼
오래 살아본 사람만이
깊고 중후한 맛을 낼 수 있는 거야

인품도 하루아침에
만들어지는 것이 아니라
거센 바람도 맞고
거친 폭풍우도 만나고
때론 뜨거운 햇볕도 쬐어야
참 인품이 만들어지는 거라구

이쁘고 단단한
도자기가 만들어지려면
적당히 구워서는 안 되는 것처럼 말이지

지금 풀무불 같은 시험 중에 있다고
무언가 일이 잘 안되어
어려움 중에 있다고

너무 낙심하지마

시간이 지나면
잘 견디고 나면
보다 성숙한 사람이 되어있을 거야

인생의 노래는
그때 부르는 거야.

허참 …
정말이라니까!?

진짜는 말을 안 해

참 이상하지?
넌 이상하게 생각 안 하니?

사람들은 말야
진짜를 말하는 거에는 관심 없고
가짜로 말하는 거에 더 관심이 있더라고
진짜를 말하는데도
믿지를 않아

그런데, 가짜를 진짜처럼 말해봐
아주 난리가 난다니까
발도 없는데
진짜 같은 가짜 말은 순식간에

사람들 입방아에 오르내리고
진짜는 몇십 년이 지나야
사람들이 알아주더라니까

진짜야!
내 말이 진짜인지 가짜인지
사람들 입술을 가만히 들여다보라고 …

진짜를 말해줘도
감동이 없고 믿지를 않아
그러니까 자꾸
진짜 같은 거짓말을 하더라니까

그리고, 사람들은
진짜보다도 가짜에 더 열광하더라고
아주 뿅 가던데?
내가 아주 미초요

세상에는
진짜 같지 않은 진짜가 있고
진짜 같은 가짜가 있어요

와~!
그거 두 눈 크게 뜨고 안 보면 잘 모르겠더라고

그런데 말야
우리들 삶에도 그런 게 있더라니까
가짜인데 진짜처럼 사는 삶
진짜인데 가짜처럼 사는 삶이 있더라니까

사랑하지도 않으면서
사랑한다고 하고
한 번도 기도하지 않으면서
기도하고 있다고 하고 …

순전히 자기 이익을 찾으면서도
너를 위한 거라고 하잖아
너를 위한 거라고 하는
가짜 말에 조심해야 해

이쁘지도 않은데
이쁘다고 해야 좋아하고
잘 나지도 않았는데

잘 났다고 해봐요
처음엔 안 믿다가도
나중엔 진짜 그런 줄 알아

그래서 가짜도
자꾸 말하고 듣곤 하면
진짜인 줄 알아
진짜도 가짜라고 자꾸 말하고 들으면
진짜 가짜인 줄 알아

남이 좋아한다고
가짜로 말하거나
남이 싫어한다고
진짜를 말하는 것도
적당히 상황을 봐 가며 해야 돼

그리고 남의 말에
너무 귀 기울이지마
남의 시선에
너무 신경도 쓰지마

나는 말이야
지금까지 살다 보니
그런 모든 것들이
아무 것도 아니라는 걸 알겠더라니까 …

그리고, 힘들어도
가짜는 가짜라고 말하고
진짜는 진짜라고 말해주는 용기도 필요해
진짜는 언제까지나
진짜로 남아 있어야 하거든

그래서 진짜가 빛이 나고
진짜가 대접받는
그런 세상이었으면 해

이제부터는
그 사람이 진짜를 말하는지
가짜를 말하는지
그 사람 입술과 눈을 자세히 봐봐
그러면 알 수 있어.

비교하지마

비교하지마
그러면 열등감을 갖게 돼
그리고, 불만이 생기고
사는 게 불공평하게 느껴져

꽃들을 봐
서로 다른 모양
서로 다른 향을 지니고 있지만
서로 비교하거나
우월감을 갖고
뽐내거나 자랑하지 않아

과일들을 봐

서로 다른 모양
서로 다른 맛을 갖고 있지만
비교하지 않잖아

새들을 한번 보라고
각양각색의 모양과
서로 다른 소리를 갖고 있지만
조화를 이루며 살고 있지

오직 사람만이
우월감을 갖거나
열등감을 갖곤 하거든 …

그거 참 불행한 거야
미움이 생기고
다툼이 생기고
괜시리 초라해지거든?

비교하지마
세상에 수십억이 살고 있지만
하나도 같은 이 없고

하나도 같은 성격이 없어

하나도 같은 것이 없는 데에서는
비교하는 게 아니야
서로 존중해 주는 거지

있는 네 모습
생긴 네 모양
그대로가 아름다운 거야.

허참 …
정말이라니까!?

만날 사람은 꼭 만나

원수는 외나무 다리에서 만난다고 하잖아
만남과 삶에서의 관계를 잘 해야 한다는 말이지
삶에서 만나지는 인연을 소중히 해야 해
자칫 악연을 만들면 어떻게 되겠어

일평생에 몇 사람이나 만날까?
지구상 인구가 수십억인데
그 안에서 만난 인연이 얼마나 소중한 지 …

그런데 …
지금 내 주위에 얼마나 남아있지?
이래서 헤어지고
저래서 떠나가고

그래서 물러나고 …

오늘 내가 만나는 사람들에게
소홀히 하기는 너무나 아쉽잖아
만나는 모든 사람들에게
특별한 인연을 쌓도록 노력해봐

이해타산으로 만나려고만 하지마
아무도 몰라 내일 일을 …
내가 도움을 받을지
그에게 내가 필요한 자가 될지

너무 조급해 하거나
너무 늦추지도 마
모든 것이 적당한 때가 되면
꽃을 피우고 결실을 맺는 거야
만날 사람은 꼭 만나게 돼 있어

아름다운 만남
아름다운 인연은
저절로 만들어지지 않아

몇 날 며칠 햇빛도 쐬어야 하고
거센 폭풍우도 만나고
찬바람
더운 바람에 익어가는 거야

한겹줄은 쉽게 끊어지지만
삼겹줄은 쉬이 끊어지지 않아
만남은
삼겹줄, 사겹줄을 만들어가는 거야
든든한 울타리를 만들어가는 거라구.

허참 …
정말이라니까!?

너무 조급해하지마

조급한 마음으로
길을 가다보면
사람들과 부닥침도 많아
짜증은 또 지가 내지

조급한 마음으로
운전하다 보면
신호등이 길게 느껴지고
앞에 차 한두 대만 있어도
많이 밀리는 것 같아

아무 것도 아닌 일 갖고
벌컥 짜증도 나고 심술이 생기지

급할수록 돌아가라고 하잖아
마음이 급하면
일도 마음도 정리가 안돼

그럴 때는 잠시 머물러 서서
호흡을 한번 크게 해봐
하늘을 한번 바라다 보라고 …

왜 조급해하는지
허둥대는 네 모습이 보일 거야
"허허허"하고 웃게 될걸?

급한 마음으로
기다리는 5분은 50분 같은데
사랑하는 마음으로 기다리면
기다림도 즐거움이야
사랑하는 사람을
기다리는 것은 즐거움이라고

네 모든 일을 그렇게 사랑해봐
그러면 여유가 생겨

배려와 양보도 생긴다니까?

너무 조급해하지 말고
기다림의 여유를 가져봐
마음이 넉넉해지고
모든 일이 즐거워질 거야.

허참 …
정말이라니까!?

척하지 마세요

아는 척하지 마세요
있는 척하지 마세요
없는 척하지 마세요
잘난 척하지 마세요
이쁜 척하지 마세요
모르는 척하지 마세요
못난 척도 하지 마세요
아픈 척도 하지 마세요

있는 그 모습
그대로 살아가세요

하품이 나고

재채기가 나올 때는
어쩔 수 없이 해야 하듯
눈물이 나올 때는
참지 말고 흘리세요

아플 때는 아픔을 끌어안고
기쁠 때는 기쁜 모습 그대로
진솔하게 살아보면 안 될까요?

가끔은 눈물을 흘려야
눈도 정화되고
마음이 편안해지듯이
있는 그대로의 모습은
모든 이들에게
진심이란 씨앗을 심어주는 거라구요

하는 척
아닌 척
괜찮은 척하지 말고
체면 따위 벗어내버리고
있는 그대로의 모습을

보여주세요

제발 이젠 그만
척척척 하지 마세요
척척척 하다가
망쪼 드는 날 있어요.

허참 …
정말이라니까요!?

너무 기대하지마

너무 기대하지마
사람이라고 해서
모든 일을
다 잘하는 게 아니야

이 사람은 이 일을 잘하고
저 사람은 저 일을 더 잘해
모든 일을 잘하려는 것은 욕심이야
그런 사람은 남을 잘 믿지를 못해
내가 하지 않으면 만족을 못 느끼더라구

같은 업종에서도
더 잘하는 사람이 있고

보통 하는 사람이 있고
조금 못하는 사람도 있어

그래서
경영자가 있고
매니저가 있고
직원들이 있는 거야

사장이라고 뻐길 것도 없어
직원이 하는 일 죽었다 깨나도 못해
말단 직원이라고 실망하지마
사장이 하는 일 절대 못해

그래서 세상은
서로 연합하며 살아가는 거야
서로 손을 잡지 않으면 같이 쓰러진다구

세상엔 더 귀한 일도
더 천한 일도 없어
너무 무시하지도 말고
너무 쩔어 살지도 마

사람 위에 사람 없고
사람 아래 사람 없어

사람은 나란히 손잡고
같이 가야 하는 거야
든든하게 잘 잡고 가라고
열 손가락 만들어주신 거야

손가락은
누구 헤아리라고 주신 게 아니라구.

허참 …
정말이라니까!?

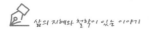

지나가는 것에 마음 두지마

지나가는 것에
너무 마음 두지마
지나가 버리는 것들에
너무 마음 쓰지마

마음 두고 있다가
잃어버리거나 망가지면
마음이 더 아파

그건 원래 지나가게 돼 있는 거야
지나가는 것을 붙잡으려 하지마
나에게 왔다가
때가 되니 떠나간 것이라 생각해

미련을 가지면
다시 시작하기가 힘들어

세상의 모든 것은
왔다가 가고
갔다가 오고 그러는 거야

꽃도 피었다 졌다 하잖아
해도 떴다가 지고 졌다가 뜨고
세상 모든 이치가 다 똑같아

봄 여름 가을 겨울도
어김없이 오고 가고 하는 거야
아무리 사랑하는 사람이라도
영원히 내 곁에 둘 순 없잖아

내 곁에 둘 수 있는 게
아무 것도 없어
그런 거 보면
사람의 지혜도
능력도 한계가 있어

지나가는 것에 미련을 두지마
어차피 잡을 수 없고
잡아도 못 본 체 지나가거든?

모든 것 다 잃어버려도
마음은 잃어버리지마
진짜 슬픈 것은
마음을 잃어버렸을 때야

무엇보다 네 마음을 지키도록 해
그러면 다시 시작할 수 있어.

허참 …
정말이라니까!?

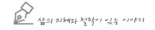

사람에게도 향기가 있어

꽃은 향기를 품고
과일은 맛을 품고 있듯이
사람에게도 맛과 향기가 있어

"저 사람 참 맛깔스러워"
"저 사람 참 풍기는 냄새가 좋아"라고 하잖아
그런데
그 맛과 향기가 어디서 나오는 줄 아니?
사람은 인품에서 그 향기가 나는 거야
그리고, 선행에서 그 열매를 보는 거지

그래서, 가장 먼저 해야 할 일은
인품을 만들어가는 거라구

왜냐하면,
인품에 따라
맛과 향이 다르기 때문이지

인품이 없는 출세
인품이 없는 권세
인품이 없는 명예
인품이 없는 지식
그거 오히려 구린내만 풍겨

어떨 때는 말이야
들에 핀 이름 모를 꽃들이
더 향기로울 수 있어

맛있는 음식에서 좋은 냄새가 나고
잘 익은 과일에서 향긋한 냄새가 나듯
성숙한 인품에서 사람다운 냄새가 나는 거야

성격이 좋아서도 아니야
환경이 좋아서도 아니야
값진 진주를 만들어내기까지

한 알의 모래를 끌어안고
살을 도려내는 모진 아픔 속에서
인내하는 조가비처럼
훌륭한 인품은
연단 가운데서 만들어지는 거야

사람은 고난 속에서 피우는 꽃이
가장 향기로운 거라구.

허참 …
정말이라니까!?

가끔은 눈을 감아봐

눈이란 나 아닌 외부를 바라보기 위함이지
눈이 발 아래 있지 않고 머리 위에 있음은
더 많이 더 멀리
더 잘 보라고 있는 거야

눈이 아니 보이면
온 몸이 아니 보이는 고생을 하게 돼
다른 어느 장애보다
눈이 아니 보이는 것이 더 힘들 거 같아

그러나, 눈으로 보여진다고 해서
모든 것을 다 보라는 것은 아니야
보아야 할 것은 자세히 보고

보지 말아야 할 것을 보았을 때는
눈을 감을 수 있는 지혜도 필요해
"그 사람 참 혜안이 있어"라는 말도 있잖아

혜안이 있는 눈은
보고 좋은 것은 머리에 각인시키고
아니 좋은 것은 일찌감치 걸러내기도 하지

우리 눈에 힘이 들어가면
비판적인 시각으로 바라보게 되고
우리 눈에서 힘을 빼면
불쌍히 여김과
존중히 여기는 겸손을 가져오게 되는 거야

우리가 두 눈 크게 뜨고 보면
상대의 자그마한 티가 크게 보이고
가끔 눈을 감아주면
사랑의 마음이 다가오는 것을 볼 수 있어

보이는 것은 잠깐이요
보이지 않는 것은 영원하다고 했잖아

잠깐 보이고 마는 것에
너무 마음을 두지마

사랑의 마음이 있고
영원을 보는 눈이 있으면
우리가 보는 것들이 아름답게 보이지만
미워하는 마음이 있고
보이는 것에 집중하고 있다면
우리의 보는 것들이 미움으로 보이게 되는 거야

가끔은 눈을 감아봐
그러면 꼭 보아야 할 것들만 볼 수 있다구.

허참 …
정말이라니까!?

가끔은 뒤돌아보자

어차피 인생은 전진하는 것이지만
가끔은 뒤돌아보자구요

어디만큼 와 있는지
바른 방향으로 가고 있는지

좋은 일 하며 가고 있는지
해만 끼치며 살고 있지는 않은지

무리하게 달려가고 있는지
너무 천천히 가는 것은 아닌지 말입니다

길을 가다 언덕배기에 이르면

잠시 숨을 고르며
걸어온 길을 뒤돌아보잖아요

도로마다 속도 표지판이 있는 것처럼
서로 서로 삶의 보조를 맞추며
살아가는 거 아주 중요하답니다

음계에도 리듬이란 것이 있어서
서로 똑같이 부를 때에
아름다운 화음이 이루어지듯
서로 서로 다른 사람의 박자를
맞추어주는 것도 필요하잖아요

개인마다
가정마다
나라마다
서로 협력하여
보조를 맞추어줄 때
좋은 세상이 오는 거라구요

가끔은 뒤를 돌아보자구요

마라톤에서 1등 하는 것도 중요하지만
혼자 달리는 마라톤은 아무 의미가 없어요

인생은 앞서거니 뒤서거니 하면서
서로 붙들어주고
일으켜 세워주면서
같이 가는 거라구요

사람 인(人)자가
서로 기대어 있는 이유가 그래서라니까요.

허참 …
정말이라구요!?

양보와 배려

사람들은 말이야
"양보 좀 해줄 수 없니?" 하면
그 사람에게 꿀리고 들어가거나
남들보다 못하다고 생각하고
매사에 지는 것처럼 생각해

양보는 지는 게 아니고
미덕이라는 것을 알아야 해
나보다 더 남을 생각하는 배려라구

조금만 남을 생각하고
조금만 욕심을 버리면
얼마든지 양보할 수 있고 물러설 수 있거든

우리 한국 사람들은
자그마한 것에 너무 집착을 해
그래서 종종 큰 것을 잃어버리더라구

줄을 서도 제일 앞에 서야 하고
무언가를 가져도 남들보다
더 가져야 우월감을 느끼더라니까

잔칫집 맛있게 차려진 음식 앞에 서봐
속절없이 무너지더라구
먹다가 버릴지언정
뒤에 사람이 음식을 먹든 못 먹든
남을 생각하는 배려도 없이
맛있는 것만 잔뜩 가져가는 심뽀
그거 한 점 못 먹어 탈 나는 게 아니야
더 먹어서 탈 나는 거지

세상에 가장 아름다운 것은
이해하고
양보하고
다른 사람 먼저 생각하는 마음이라구

나를 생각하기 전에

주변을 한번 둘러보자구

이 음식이

이 자리가

이 시간이

더 간절하게 필요한 사람이 있을 거야

양보하면 모든 걸 잃는 것 같지만

사람의 소중한 마음을 얻는 거라구.

허참 …

정말이라니까!?

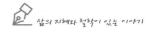

가끔은 모든 것을 잊어보자

우리들 삶이라는 것이
있었던 것이 없으면
얼마나 불편한지 몰라
특히 요즘 셀폰은 더욱 그러하지
손에 없으면 뭔지 모르게
허전하고 불안해하잖아

지난번 쏟아지는 비를 흠뻑 맞고 난 후
결국 전화기를 못쓰게 되었지
서둘러 배터리를 빼내고
전화기가 마를 때까지 기다렸어야 했는데
그러지를 못한 거지
그 후 3일을 전화기 없이 살았어

다행이랄까

컴퓨터에 카톡이 깔려 있어서

내가 연락하고픈 사람들에게 연락은 되었으나

아마 나를 찾는 사람들은 번거로웠을 거야

있던 것이 없으면

불편할 줄 알았는데

아주 편하더라구

종종 전화기를 끄고 살아봐야겠어

과학이 발달하면서

수많은 기계에 의존하고 살아서인지

사람들의 감정도 상당히 메말라있지

있어야 할 것이 없으면

불안해하는 모습들이 역력하더라구

전화기가 없어보니

삶에 여유가 생기던데?

길을 가거나

누구와 만나면서도

전화기만 들여다보는

매너 없는 사람이 안되어서 좋았어

살아가면서 얼마나 많은 것들을
의존하며 사는지 몰라
종종 모든 것을 내려놓고
가끔은 모든 것을 잊어버리고
나 혼자만의 시간을
가져봄도 매우 유익할 것 같아

사람이 기계다운 것이 아니라
사람다워야 할 것 아니겠니?
잃어버린 나를 찾는 것은
나의 모든 것을 잃어버릴 때이더라구.

허참 …
정말이라니까!?

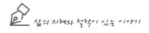

말에도 온도가 있어

같은 말이라도
때와
장소,
그리고 높낮이가 중요하지

말속에
생명이 있는가 하면
칼도 숨어있단다

모든 다툼의 근원이
말다툼부터 시작되잖니
화해의 근원 역시
말로써 시작되기도 하고

마음의 온도는
대화할 때 재볼 수가 있어
지금 그 사람의 마음이
따스한지 냉랭한지를…

너무 미지근한 말은
사람을 싱겁게 만들고
너무 뜨거운 말은
사람에게 상처를 주기도 해

물이나 불에 데이면
약이 있는데
말에 데이면 약이 없어

경우에 합당한 말을 한다는 게
얼마나 어려운지 몰라
정말 쉬운 일이란 없어

내가 하고 싶은 말이라고
너무 열을 내면 안돼
뜨거워서 다들 멀리 가거든

입에서 나오는 대로 말하지마
채로 곱게 걸러 말해도
불순물이 있기 마련이야
뜨거운 음식 다루듯
조심조심 서두르지 않는 게 좋아

따사로운 말은
상대를 품어안을 수 있지만
가시 돋친 말
냉랭한 말은
사람의 마음을 더 차갑게 만드는 거야.

허참 …
정말이라니까!?

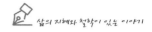

관계가 좋아야

원만한 삶을 살려면
매사 관계가 좋아야 해
세상 모든 것은 다
관계로 이어져 있지

가족
친구
학연
동향
취미
직장 등
관계로 이어진 끈이잖아

하지만
이 끈도 잘 보다듬고
가꿔주어야 끊어짐이 없는 거야
한 번 실수로
십수 년간 이어져 왔던 관계도
일순간에 끊어지기도 하잖아

관계가 틀어지는 건
한순간이지만
깊은 관계를 맺으려면
긴 세월이 필요한 거야

관계성에서 중요한 것은
나 중심이 아니라
상대방 중심이 되어야 할 거야
내쪽으로 당기려고만 하지 말고
먼저 배려해주고
섬기며 사랑해 줌이 필요한 거지

관계가 소원해질수록
남을 탓하기 전에

자신을 돌아보며
그들의 마음을 얻을 수 있는
노력을 기울여봐

어디서나
어떤 관계서나
진실은 통하게 되어 있고
감동을 줄 수 있단다

그것이 너 자신의 희생으로
일관되어지는 것일지언정
그 사람과의 원만한 관계를 원한다면
끝까지 희생하는 거야

참 사랑은
관계를 더욱 돈독히 해줄 뿐 아니라
끊어진 관계마저도 이어주는 거라구.

허참 …
정말이라니까!?

행복하다 말하지 마세요

행복하다 말하지 마세요
언제 그 행복이 떠나갈지 모릅니다

이만하면 충분하다 말하지 마세요
언제 잃어버릴지 아무도 모릅니다

건강하다고
부유하다고
똑똑하다고 자랑하지 마세요
하루아침에 뒤집어지는 것이 인생이랍니다

불행하다는 생각도 하지 마세요
행복이 곧 찾아올 수도 있으니까요

너무 없어 부족하다고 말하지 마세요
정말 잘 되었다
안 되었다 말하는 것은
인생 후반에 해야 하는 것입니다

사람은 있고 없고가 아니고
행복하다 불행하다가 아니고
현재 어떤 삶을 살아가느냐에
더 무게를 두어야 합니다

죽는 날까지
자기에게 주어진 일을 위하여
열심히 살아가는 것이
가장 행복한 삶일 것입니다

저는 요즘 길가에 다니며
세심하게
새들을 살펴보고
꽃들을 바라보곤 한답니다

새들이 무엇을 저리도 먹어댈까?

어떻게 저리 이쁜 꽃망울을 터트릴까?
생각하며 들여다보곤 하지요

예수님 말씀처럼
누가 기르지도 않고
가꾸지도 않는데,
저리도 잘 먹으며 재잘거리고
이쁘게 피어나는 꽃들을 볼 때마다
그저 놀라울 뿐입니다

"저 먹을 복은 타고 난다"
"양지가 음지되고 음지가 양지된다"는
옛 어른들의 말이 정말인 것 같습니다

그러니, 염려하고 걱정하는 것이
얼마나 큰 사치인지 모릅니다

그저 자그마한 것에도 감사하고
염려하지 않고 살아가는 것이
참 행복 아니겠어요?

진국 인생

깊고 중후한 맛을 내는 음식점의 특징은
밤새, 또는 하루 이틀 푹 고아 만든
진국 때문인 것을 알 수 있습니다

인스턴트 음식하듯
금방 끓여서 먹는 것은
맛은 있다 하더라도
중후한 맛은 없지요

오랜 시간 끓여 만든 음식의 맛은
그윽한 맛을 느끼며 감동하지만
혀 끝에서만 나는 맛은 깊이가 없습니다

그렇게 깊이 우려낸 것은
한 번만 먹어도 뒷맛이 남아 있고
인스턴트 음식 여러 번 먹은 것보다
더 영양이 있습니다

진국을 내기 위해
오랜 시간 불에 달구어져야 하듯
진국 인생이 되기 위하여서는
오랜 시간 고난을 견뎌내야 하더라구요

잠시의 고난받음을
원망하지 마시고
내 삶을 진국으로
만들기 위한 것이라 생각하시고
진득하게 참아내는 법을 배우시면
삶에 유익이 됩니다

설익은 과일보다
잘 익은 과일이 맛이 있잖아요

장맛도 오랜 시간 담근 것이

참 맛을 내듯이
진국 인생은
하루아침에 만들어지는 것이 아니라구요.

허참 …
정말이라니까요!?

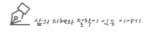 삶의 지혜와 철학이 있는 이야기

삶에도 수순이 있어

바둑을 둘 때는
수순이 필요해
같은 수라도
어디에 먼저 돌을 두느냐에 따라
상대 돌을 잡기도 하고
못 잡기도 하지

우리 삶에도 그러더라니까 …
먼저 해야 할 일이 있고
나중 해도 될 일이 있어

정해진 순리를 따르지 않고
자기 욕심을 따라 살다 보면

무리한 수도 나오게 되고
실수도 하게 되는 거야

바둑에서의 무리한 수나
한 번 실수는 아주 치명적이야
같은 수를 보는 사람에게 있어
다시 회복한다는 것은 힘든 일이지

세상 일도 그렇더라고
나와 같은 생각이라면
그나마 다행이지만
사람들은 너무 영악해서
나를 밟고 올라서려고 하지

그럴지라도 나는 네가
너무 영악스럽거나
세상 이치에만 밝은
그런 사람이 아니기를 바래

내 주머니 생각하고
나의 환경 돌아보면서

누군가를 도와준다는 거
쉬운 일이 아니야
계산적인 사람은
어림도 없는 일이지

예수님은
지식과 지혜의 근본이시지만
우리를 구하러 오시는데
아무런 생각도 안하셨어

득이 되는지
실이 되는지
아무런 계산도 하지 않으셨지

십자가의 고난
수치스런 비난
침 뱉음 당할만한
아무 죄도 없으신 분이
그것을 담당하신 것은
하나님이 맡겨주신 이들을
하나님의 나라로 인도하고자 하는

사랑의 마음 하나 뿐이었어

그분의 이름은 사랑이었으니까.

허참 …
정말이라니까!?

2부

믿음, 소망,
사랑의 노래

사랑의 묘약

세상 모든 사람이
필요로 하는 약이 있습니다
세상 모든 사람이
이 병으로 아파하고 있고
괴로워하며 죽어가고 있습니다

오늘은 이 약을
내일은 저 약을 찾으며
매일매일 약을 먹어보지만
나아짐이 보이지 않는군요

갓 태어난 아이부터
노인에 이르기까지

부요한 사람 가난한 사람

배운 사람 못 배운 사람

모두 이 병을 앓고 있습니다

사람들은 치료약을 구하기 위해

사방으로 수소문하고

오늘은 이 의사

내일은 저 의사를 찾아보지만

뚜렷한 처방을 얻지 못하고 있습니다

가끔 명약이라고 하는 약을 처방받아보지만

잘못된 처방으로 인하여

사람들은 더욱 고통을 받고 있습니다

사랑을 받지 못해서

사랑을 하지 못해서

얻어진 이 병은

사랑의 조갈증이란 병입니다

세상 모든 사람들에게 필요한 처방은

'사랑' 이라는 처방입니다

이 약처럼 만병통치약은 없습니다
이 약은 누구라도 먹을 수 있고
먹고 또 먹어도 부작용이 없는
많이 먹으면 먹을수록 더 좋은
세상에 하나밖에 없는 약입니다

그리고, 이 약은 아무 곳에서나
쉽게 처방할 수 있는 약입니다
값도 비싸지 않습니다
거저 주면 줄수록 더 가치있고
주는 사람도 함께 치유되는 희한한 약입니다

'사랑' 이라고 하는 이 약은
아편보다도 더 강한 중독성이 있어서
모든 아픔을 순식간에 낫게 하여 줍니다

그 처방은,
여러분의 따뜻한 가슴이며
위로와 소망을 주는 부드러운 말 한마디
말없이 다가가서 손 한번 잡아주고
다정하게 품어주는 진실한 마음입니다

그리고, 그 약은
바로 여러분들 가슴 안에 있습니다
너무 가까이 있어서 보지 못할 뿐입니다
지금 여러분 가슴 위에 손을 얹어보세요
사랑이 숨쉬는 것을 느낄 수 있을 것입니다

그리고 가슴과 가슴이
사랑과 사랑이 만나면
그 약의 효과는 천 배 만 배
더욱 효력을 발휘할 수 있답니다.

허참 …
정말이라니까요!?

사랑은 언제나 팔팔 끓어야

100도에서 물이 끓는다고 하잖아
온도가 조금만 내려와도
물은 금세 식어버려

우리들 사랑도
항상 끓지 않으면
금방 식어버린다구

쉬지 않고 뛰는 심장을
왜 하트로 표시하는 줄 아니?
사랑은 언제나 팔팔 끓어야 하는 거라구

심장이 약해지면
몸에 이상이 오듯이

사랑이 약해지면
관계에도 이상이 오더라구

심장은 활동을 할 때에도
쉴 때에도
잠을 잘 때에도
쉬지 않고 뛰듯이
우리들 사랑도 쉼이 없어야 해

사랑에 쉼이 있으면
다른 이상한 놈이 기어들어와
쉬지 말고 언제나 팔팔 뛰어야 해

심장이 멈추지 않고 뛰어도
피곤하지 않듯이
멈추지 않는 사랑이 건강한 거야

살아있는 물고기가
물을 거슬러 올라가듯
사랑하는 자만이
세상을 이겨나갈 수 있어

사랑을 멈추려 하지마
그것은 죽음이나 마찬가지야
심장이 뛰는 사람이 살아있듯이
사랑을 멈추지 않는 사람이
살아있는 사람이라구.

허참 …
정말이라니까!?

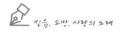

사랑으로 품어줘봐

사랑을 받고 싶지?
먼저 사랑을 줘봐
사랑은 말이야
내가 먼저 주면
다시 돌아오게 돼 있어

이상하게도 사랑이란 것은
받고 받아도 늘 더 받고 싶더라구
사랑에 만족은 없더라니까

그런데, 사랑에 만족을 가지려면
사랑을 주면 되더라구
사랑은 주면 줄수록

기쁨이 배가 되더라니까

그러니 사랑을 주는 거에 있어서
너무 인색하지마
미련하다 소리 듣더라도
그냥 무조건 줘봐

"날 사랑해줘"보다는
"널 사랑해"라는 말을 더 많이 쓰잖아
그리고 그 말이 더 쉬워

사랑으로 품어줘봐
사랑에는 희한한 능력이 있어서
사랑으로는 못할 것이 없어
품어주지 못할 것이 없다구
사랑에 감복하지 않을 것이 없더라니까

난 말야
이 세상이 사랑으로 가득찼으면 좋겠어
거리마다 사랑의 노래가 들려오고
사람마다 사랑의 열매로 가득차면 좋겠어

미움도 사라지고
다툼도 없어지고
시기도 멀리 떠나고
사랑으로
사랑으로
온 세상이 가득찼으면 좋겠어

사랑에는 생명이 있어서
우리가 마음만 먹으면
아름다운 세상을 만들 수 있어
그렇게 할 수 있을 것으로 믿어

한번 사랑해봐
내 말이 정말인지 아닌지 …

사랑이란
받는 자가 좋을 것 같지만
사랑하는 자가
더 행복하다는 것을 잊지마.

가슴을 뜨겁게 해줘

머리는 차갑게 해주고
가슴은 뜨겁게 해줘야 해
냉정하게 머리로 판단하고 결정했어도
가슴으로 뜨겁게 포옹해 줄 수 있어야 해

사람들은 머리가 좋아야
손발이 고생 안 한다 하지만
가슴이 없으면
온 몸이 고생을 하는 거야

머리의 크기는 한계가 있지만
가슴의 크기는 한계가 없어
온 우주를 끌어안고도 남음이 있지

머리는 받아들이고
가슴은 차곡차곡 쌓아두는 거야

머리에 쌓아두려 하지마
그러면, 머리가 아파서 아무 것도 못해
가슴에 쌓아두면
이쁜 사랑으로 싹이 트더라구
그래서 가슴으로 하는 사랑이
진짜 사랑이라구

머리가 차가와지면
세상 이치에는 밝아도
가슴이 차가와지면
그거 로봇이나 별 차이 없어

가슴의 빗장을 열어봐
머리로 아니 보이고
머리로 이해되지 않던 것들이
가슴으로는 보이고 이해가 돼

가슴을 끌어안아주려고 해봐

머리끼리 부닥치면
다툼이 생기지만
가슴끼리 부닥치면
더불어 가는 삶이 될 수 있어

사랑은
용서는
베풂은
머리로 하는 게 아니고
가슴으로 하는 거야.

허참 …
정말이라니까!?

사랑한다고 말해줘

사랑한다고 말해줘
사랑이 떠나기 전에
돌아서고 나면
가버리고 나면
하고 싶어도 못하잖아

마음속 고이 묻어 두었던
사랑한다는 그 말을
세상에서 가장 아름다운
사랑한다는 그 말을

들으면 힘이 나고
또 들어도 듣고 싶은

사랑한다는 그 말을 …

사랑이 식어졌다고 말하지마
사랑은 식어지는 게 아니라
더디 끓어오를 뿐이야

오늘
사랑하는 사람을 보며
사랑스런 목소리로
다정스런 목소리로
사랑한다고 말해줘 봐

그 말은 부메랑 같아서
그 말은 메아리 같아서
네게로 다시 돌아온다고
사랑한다
사랑한다
사랑한다고 …

사랑한다고 말해줘
사랑하는 부모님에게

어여쁜 자녀들에게
이웃 모든 사람들에게

사랑을 먹고 사는 사람은
사랑을 주며 사는 사람은
가는 곳마다
하는 일마다
사랑의 열매
주렁주렁 맺어간다구

사랑이란 씨앗은
거칠은 광야에서도
광활한 사막에서도
강팍한 돌짝밭에서도
꽃을 피워내는 거야.

허참 …
정말이라니까!?

너무 이기려고만 하지마

누군가에게 진다는 거
누군가에게 꿀리는 거
그거 기분 좋은 일이 아니야
진다는 것은 분명 안 좋은 일이라구
어떨 때는 분해서 잠을 못 이루기도 하잖아

이기는 것은 분명 좋은 일이야
기분도 좋잖아
어제 탁구대회에 다녀왔어
1등은 못하고 2등을 했지
얼마나 아쉬웠는지 몰라
이렇게 했으면 하는 아쉬움이
아직도 남아 있으니까

그래도 아주 좋았다구
결과보다 게임 자체를 즐겨보라구
그러면 이겨도 져도 좋아
그리고, 다음 기회가 또 있잖아

너무 이기려고만 하지마
그 이기고 지는 것이
삶에 커다란 영향을 미치는 것이 아니라면
아등바등 이기려고만 하지 말고
져주는 지혜도 한번 가져봐

우리네 삶도 마찬가지야
모든 것을 이기려고만 하니까
남들보다 내가 더 나아야 하니까
그런 생각뿐이라면 얼마나 피곤하겠어

부부간에도 그래
서로 사랑하며 살아도 짧은 삶인데
싸우며 산들 무슨 좋은 일 있겠어?

죽고 사는 문제가 아니라면

그렇게 치고박고 싸우지마
모양새도 안 좋고
자칫 깨어지기 십상이라구

한 번 져주기가 힘들지, 몇 번 져주면
져주는 것도 삶 그 자체가 될 수 있어

져주는 거
그거 바보들만 하는 거 아냐
그 사람을 사랑하면 져주게 돼 있어

자식 이기는 부모 없다잖아
자식은 자식이기 전에
나의 영원한 사랑이거든 …

그렇게 한 번 져줘봐
사랑은 바로
져주는 데에서부터 시작하는 거라구.

허참 …
정말이라니까!?

사람을 너무 믿지 말라고?

세상에 믿을 사람 하나 없다고 하잖아
이보다 더 불행한 일이 있을까?

사람이 사람을 못 믿으면
누구를 믿으라는 거야
누구에게 속 터놓고 한마디 말을 하겠어

삶의 모든 기반에는
믿음이라는 것이 자리하고 있는 건데
이 신뢰라는 것이 깨어진 지 벌써 오래 됐어

옛날에는 믿음 하나로
서로 믿어주고

보증도 서주곤 했는데
요즘은 어디 가서
보증 서달라는 말은 하지도 못하잖아

오히려 친절을 베푸는 사람이
오해를 받는 경우도 많아
그러니 어느 누가
친구를 위해 희생하려고 하겠니?

친구를 위해 살아주지는 못할망정
자기의 이권을 위해서라면
친구까지도 당연스럽게 배신하는
그런 모습들을 보는 이 참담함 …

친구를 못 믿으면 누구를 믿니?
친구 좋다는 게 뭐니?
이런 말을 쉽게 할 수 없는 현실이
얼마나 가슴 아픈 일인지 모르겠어

나에게 잘해준다고 해서
너무 믿지 말고

못해준다 해서 믿지 못할 것이라고 하지마

사람은 겪어봐야 안다고 했는데

요즘은 겪어봐도 모르겠어

정말 모르겠어

어디 가서

어떻게 해야

이 잃어버린 신뢰를 회복할 수 있는지를 …

허참 …

정말이라니까!?

가까이 끌어안아줘 봐

자꾸
밀어내지 말고
가까이
끌어안으려고 해봐

자꾸 밀어내면
내 가슴이 작아지고
자꾸 끌어안으면
내 가슴이 커지는 거야

나는 네 가슴이
사람의 마음을 잡아당기는
자석같은 마음이었으면 좋겠어

유유상종
끼리끼리
자석에는 그런 힘이 있지

네가 선한 마음이면
선한 마음 만나게 되고
네가 악한 마음이면
악한 마음 만나는 거잖아

같은 마음으로 끌어안으면
그 힘이 더 커지지만
밀어내기만 하면
사분오열하는 거야

자꾸 끌어안아줘 봐
그러면 많은 사람이
너에게 안기게 되어있어

나는 너의 가슴이
어머니의 가슴이 되었으면 해
모든 것을 끌어안고

사랑의 마음을 심어주는 그런 가슴 …

사람의 체온은

사람의 마음은

끌어안을수록 더 포근해지는 거야.

허참 …

정말이라니까!?

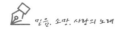
인스턴트 사랑

사랑은 맛난 음식과 같아
따끈하게 갓 구워낸
오븐 위의 빵처럼
떼구르르 기름지게 튀겨진
후라이팬 위의 맛깔진 음식처럼
얼마나 사랑스러운지…

음식이 식어지기 전에
마음껏 즐기는 그 여유로움은
멋진 사랑의 세레나데 같아

일평생을 떨어져 살 수 없는
음식과 같이

언제나 정다웁게
남아 있을 수는 없는 걸까

기간이 지난 사랑은
유통기한이 지난 음식처럼
누구도 좋아하지를 않아
다시 데워 먹으려 해도
처음 맛이 나오지를 않지

식어진 사랑
상한 음식처럼
내다 버려야 하는
그런 사랑이 아니라
매일 매일이 달콤하면서도
상큼한 맛으로 입맛을 돋우어주고
싱싱한 회처럼 착 달라붙는
사랑을 구워낼 수는 없을까

인스턴트 음식을 좋아하듯
한 번 만나
한 번의 사랑으로 끝나고

미련없이 쓰레기통에 쑤셔박는
아, 서글픈 인스턴트 사랑이여!

먹어 배는 부르나
영양가 없는 음식을 먹으면
결핍증으로 각종 병을 유발하지

사랑을 한다고 하나
영양가 없는 사랑으로 인해
세상 사람은 사랑의 결핍증을 앓고 있는 거야.

허참 …
정말이라니까!?

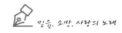

너무 두려워하지마

살다 보면 때로
두려움이 엄습할 때가 있어
갑자기 내일이 캄캄하게 느껴질 때도 있고
무언가 일이 잘 풀리지 않아 답답할 때도 있잖아

그럴지라도 너무 두려워하지마
두려워하면 용기가 사라져버려
하늘이 무너져도 솟아날 구멍이 있다고 하잖아
두려워하면 그 구멍이 안 보이게 돼

사실 우리 눈에 안 보여서 그렇지
어디에나 길은 있고
빠져나갈 구멍이 있다고

어느날 갑자기 내 인생이
나 혼자인 것처럼 느껴질 때도 있어
아무도 관심을 가져주지 않는 것 같고
넓은 고해에 홀로 버려졌다고 생각할 때도 있어

그러나 두려워하지마
너는 결코 혼자가 아니야
아무도 너를 버리지 않았어
믿기지 않지만
모두가 다 너를 사랑하고 있어

우리 모두는 불완전한 존재야
완전하지 못하다구
그래서 서로 서로 의지가 되어주고
힘이 되어주곤 하는 거야

완전한 자에게는
그 옆에 아무도 없어
다 가졌다고,
이만하면 됐다고 하는 자는
이미 모든 것을 잃어버린 것이라구

두려움이 다 나쁜 것만은 아니야
오히려 사람을 겸손하게 하기도 하고
사람을 신중하게 해주기도 하지

두려움은 새로운 지혜와
이전에 못보던 새로운 길을 보게 해준다고.

허참 …
정말이라니까!?

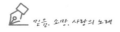

용서해줄 수 없겠니?

아직도 마음이 아프다구?
생각만 해도 괘씸하고
절대 용서할 수 없다고 생각되지?

그냥 다 훌훌 털어버리고
잊어버릴 수 없겠니?
그냥 맘 한번 크게 먹고
용서해 보면 안 되겠어?

세상에 흠 없는 사람은 없어
실수 한 번 하지 않는 사람은 없어
그래, 실수가 아닌 고의라고 하더라도
그것마저도 잊어버리고 용서해줄 수 없겠니?

그분은 말야
아무런 잘못도
그 누군가에게
어떤 원한 받을만한 일이 없음에도
욕을 당하고
채찍을 맞고
십자가까지 지셨잖니

아마 그 중에는 그분으로부터
병 고침 받은 자도 있을 거고
벳세다 광야에서
오병이어의 떡을 받아먹은 자도 있을 거야

그럼에도
은혜를 은혜로 갚지 못하고
십자가에 못 박으라고
목소리 높여 아우성치던 그들을 보라고 …

지금 네가
그 누구를
그 무엇을

잊어버리지 못하고
가슴속 깊은 원한으로
용서하지 못할 것이 무에 있겠니?

땅에서 풀지 않으면
하늘에서도 풀 수 없다고 했어
하나님이 푸는 것이 아니라
지금 네가 풀어야만 하는 거라구

너 자신을 한번 돌아봐
얼마나 많은 실수가 있었고
누군가의 마음을 얼마나 아프게 했는지

너도 누군가로부터
잊혀짐을 받고
용서함과 사랑을 받았기에
오늘이 있음을 알아야 해.

허참 …
정말이라니까!?

마음 깊은 사랑을 하세요

마음 깊은 사랑을 하면
평안도 따라오고
믿음도 따라 옵니다

믿음이 없어지고
평강이 없어지는 것은
마음 깊은 사랑을 하지 않아서입니다

마음에 감사가 없고
늘 부족함을 느끼는 것도
마음 깊은 사랑이 없기 때문입니다

우리의 살아가는 시간은
결코, 긴 시간이 아닙니다

좋은 것만 생각하며 살기에도 짧은 세월입니다
지금 긴 것처럼 보여도
우리 삶은 그리 오랜 것이 아닙니다

그런데, 우리는 얼마나
마음 깊은 사랑을 하고 있는지요
그렇게 아웅다웅 싸우며
살아갈 시간이 없답니다

마음 깊은 사랑을 할 때
사람이 귀하고 소중하게 보인답니다
마음 깊은 사랑을 할 때
그 사람을 신뢰할 수 있습니다

마음 깊은 사랑만이
서로를 하나로 묶어주고
마음 깊은 사랑은 죽음도 갈라놓을 수 없습니다

마음 깊은 사랑을 하려면
내가 먼저 마음의 문을 열고
모든 것을 받아들여야 합니다

대문 빗장은 잠궈 놓아야 하지만
마음의 빗장은 열어 놓아야 합니다.

허참 …
정말이라니까요!?

3부

감사, 행복, 격려와 위로

부요함이 최상이 아니다 | 평범함이 좋습니다 | 주인공으로만 살려고 하지마 | 너는 하나밖에 없는 걸작품 | 너무 보채지마 | 하늘은 맑았다 흐렸다 바람은 불었다 잠잠하다 합니다 | 누구에게나 목표가 있어 | 내가 먼저 … | 한번 도전해 보는 거야 | 욕심은 버리는 거야 | 다시 시작해봐요 | 행복 메이커 | 마음이 통하는 사람 | 마음을 먹고 사는 사람 | 왜 남의 떡이 더 커 보이는 걸까? | 어제는 지나간 것이 아니라 추억이야 | 너무 낙심하지마

부요함이 최상이 아니다

부요한 것 마다할 이는
세상에 아무도 없다
나도 마찬가지다

그런데, 그게
마음대로 되는 건 아닌가 보다
애쓰고 노력해도
세상엔 부요하지 못한 사람이
더 많은 걸 보면 말이다

사람들은
학문의 목적을
결혼의 목적을

일하는 목적을
모든 삶의 목적을 부요함에 둔다

그러다 보니
사람 만나는 것도 계산적이요
비즈니스 마인드로 만난다
그러니, 삶이란 게
더 각박해지는 것 아니던가

부요함보다
풍요로움에
목적을 두면 좋겠다

지식의 풍요
지혜의 풍요
마음의 풍요
사랑의 풍요
덕스러움의 풍요
풍요로움의 풍년이었으면 좋겠다

풍년이 오면

괜시리 마음도 부요해져서
사소한 시비나 다툼은
문제도 되지 않는다

부요하지 않아도
마음이 부요한 자는
풍성한 삶을 살아갈 수 있다
아무리 부요해도
마음이 가난하면
가난한 삶을 살아가는 거라구.

허참 …
정말이라니까!?

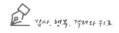

평범함이 좋습니다

사람답게 살기 위해
지혜가 남다르거나
언변이 뛰어날 필요는 없습니다
화려한 치장을 못해도 좋습니다

그저 살아가는 데
부족함 없을 정도의
재능만 있으면 됩니다

미인박명이라고 합니다
수재 역시 결말이 썩 좋지 않습니다

수려한 자태를 뽐내지 마십시오

오히려 쉽게 꺾이울 수 있습니다
비범함을 자랑하지 마십시오
더 빨리 나락으로
떨어질 수 있습니다

비범함보다는
평범함이 오히려 더
행복하게 살아갈 수가 있습니다

맑은 물에 고기가 없듯이
잘난 자에게 친구가 없습니다
내가 가진 재산보다도
나를 더 사랑하는 친구들 많음이
성공한 사람 아닐까요?

천재와 같은 재능은 없어도
가족 사랑하고
주변 사람들 돌아볼 줄 아는
초원의 따스한 햇살 같은
마음을 갖고 있다면
그에 무엇이 더 부러울까요?

지혜가 없어

미련한 소리 들어도

자기 자신에게 엄격하고

스스로를 채찍질하며

사람다웁다는 소리 듣는다면

그에 무엇이 더 부러울까요?

세상 떠나갔을 때

참 아까운 사람 갔다는

소리 들음이

더 복이 아닐런지요.

허참 …

정말이라니까요!?

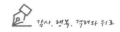
감사, 행복, 격려와 위로

주인공으로만 살려고 하지마

너무 주인공으로만 살려고 하지마
세상엔 주인공보다
엑스트라가 더 많아

그리고, 세상 구조가
주인공만을 위해 만들어지지 않았어
보편적으로 만들어졌어

그런 것은 드라마에서
그렇게 만들고 있는 거야

주인공이 되어
끝내는 행복하게 끝나도록 하고 있잖아

주인공으로만 살려고 하지마 · **135**

그리고, 수많은 사람들로 하여금
주인공처럼 살아가게 만든다구

사람들로 하여금
공주병,
백마 탄 왕자병에 들도록 유혹하는 거야

나는 말이야
네가 주인공이 되어
스포트라이트를 받으며 사는 것보다
엑스트라가 되어
누군가를 보조하며
함께 더불어 살아가라고 권하고 싶어

결혼할 때도 보라구
신랑 신부가 주인공이지만
들러리가 없고
하객들이 없는
결혼식 주인공들은 아무 의미가 없어

왕도 중요하지만

정말 중요한 것은 민초들이야
그래서 선왕은 민초를 생각하고
악한 왕은 자기만을 생각하지

사실 세상의 주인공은 네가 맞아
'너' 라는 존재가 없으면
세상도 없는 거니까
그러나 더 중요한 것은
세상이 없는 '너' 는
더더욱 의미가 없다는 거야

나도 중요하고
너도 중요하고
우리가 중요하다는 말이지

우리 함께 더불어 살아간다면
상상도 할 수 없는 기쁨이
행복이 찾아오는 거라구.

허참 …
정말이라니까!?

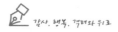

너는 하나밖에 없는 걸작품

나는 왜 이렇게 생겼지?
나의 환경은 또 왜 이렇고~ 라고
불만족스럽게 생각한 적이 있을 거야

기왕이면 좀 멋지고 이쁜
좋은 환경에 태어났더라면~ 이라고
생각해본 적도 있을 거야
나도 그런데 뭐

그런데 그거 본래부터
그런 마음이 생기게 된 게 아니야
우리 이쁜 맘에
욕심이란 것이 들어오고

교만이란 놈이 들어오고 하다 보니
질투도 생기고
시기도 하게 되고 그런 거지

한번 주위를 돌아봐
너 같이 생긴 사람 하나도 없어
너는 너의 그 자체가
걸작품이란 것을 잊지 말아주면 좋겠어

이슬의 모양도
꽃들의 모양도
다 다르다고 하잖아

그 많은 모양들이 모여서
하나의 작품을 만들어가는 거야
오손도손
도란도란
옹기종기 모여서
때로는 얽혀 있으면서도
아름다운 작품을 연출해 나가는 거지
그래서 그게 더 위대한 거라구

밤하늘 별들을 봐

셀 수도 없이 많아

눈에 보이지 않는

저 너머의 은하수까지 생각한다면

헤일 수도 없이 많잖아

우주에 수많은 별들이 있지만

지구 같은 별은 오직 하나야

지구처럼 아름다운 별은 없어

너도 그래

세상에 수많은 사람이 있지만

너 같은 사람은 오직 너 하나라구

그래서 나에게는

네가 더 귀하고 소중한 존재라구

너 없는 나

너 없는 세상은 아무 의미가 없어

너는 세상에 하나밖에 없는 걸작품이라고.

감사, 행복, 격려와 위로

너무 보채지마

너무 보채지마
누군들 빨리빨리
잘하고 싶지 않겠어?

너무 재촉하지마
급하게 먹는 음식이 체한다구
급할수록 돌아가라고 했어
안전하게 하라는 말이잖아

너무 성화부리지마
거름을 자주 준다고
나무가 잘 자라는 거 아니야
아이에게 우유를 많이 먹인다고

푹푹 잘 자라는 거 아니야

스트레스 받지 않도록
좋은 환경 만들어주면
평안한 마음으로 더 잘할 수 있어

모든 일에는 정해진 기한이 있어
달도 차면 기운다고 하잖아
조용히 때를 기다리며 지나게 해줘봐

중요한 것은 자라는 것이 아니라
어떤 존재로 자라나느냐 하는 것이라구
무엇이 되느냐가 더 중요하다는 거지

세상 모든 것이 다 필요한 것이지만
잡초보다는 사랑받는 꽃이,
그냥 나무보다는 과실수가 더 좋잖아

자꾸 보채면 급한 마음이 되어서
좋은 생각이 떠오르지를 않아
오히려 짜증만 내게 된다구

재촉하고 보채는 것보다
오히려 격려해 주는 것이 더 좋아
무엇이 되라고 하는 것보다
자질을 계발시켜주는 게 더 낫다구

너무 보채지마
자꾸 보채면 오히려 곁길로 갈 수 있어
거름을 많이 주면 오히려 썩어버리는 거야.

허참 …
정말이라니까!?

감사, 행복, 격려와 위로

하늘은 맑았다 흐렸다
바람은 불었다 잠잠하다 합니다

하늘은 맑았다 흐렸다 합니다

바람은 불었다 잠잠하기도 합니다

파도도 출렁이기도 하다가

고요하기도 합니다

오르막길이 있으면 내리막길이 있고

건강할 때가 있으면 아플 때도 있습니다

만물의 모든 것에는

굴곡이 있게 마련입니다

태양만 내리쬔다면

바람만 불어댄다면

오르막길만 있다면
사람은 살아갈 수가 없습니다

사람들도 가끔 부닥칠 때가 있습니다
어떤 사람은 올라갈 때이고
어떤 사람은 내려올 때이기 때문이지요
어떤 사람이 마냥 좋을 때이면
어떤 사람은 아니 좋을 때도 있습니다

매사를 나의 삶에만 맞추지 마십시오
다 같이 기뻐하는 것 아니고
다 같이 슬퍼하는 것 아닙니다

내게로만 초점을 맞추지 마시고
주변의 상황에, 주변의 변화에
우리들이란 삶에 초점을 맞추어보십시오

세상은 더불어 함께 가는 것입니다
유아독존은 있을 수 없습니다
함께 가는 길에 희로애락이 있는 것이지
혼자 가는 길에서는 외로움 뿐입니다

상생,
그것만이 사는 길입니다

누군가를 짓밟고 올라서면
누군가를 끌어내리면
누군가도 당신을 끌어내립니다

오늘 날씨가 흐리다고
항상 흐린 것은 아니잖아요
오늘 실수했다고
내일도 실수하는 건 아니잖아요

하늘은 맑았다 흐렸다 합니다
바람도 불었다 멈추었다 합니다
우리 모두 자연의 순리를
터득하는 지혜를 배웠으면 합니다

무너진 곳에서도
불타버린 자리에서도
풀은 다시 자라납니다.

누구에게나 목표가 있어

❧

집을 나설 때에는
무엇을 하고자 하는
어디를 가고자 하는
누구에게나 목표가 있어

어머니 태에서 나올 때에는
무엇을 하고자 하는
어떠한 삶을 살아야 하는
누구에게나 목적이 주어지지

목적 없이 살아가는 사람은 없잖아
그것을 꿈이 있는 거라 말하기도 하지
목적이란 꿈(Vision)을 말하기도 하지만

삶에서의 목표(Goal)를 말하기도 해
그러나, 가장 중요한 것은
네게 꿈을 주신 그분을
믿음으로 바라보는 것이 중요해

그분을 인정할 때
우리의 꿈이 더 선명해지거든?

아직 꿈이 없다면
그분을 한번 만나봐
모든 사람에게 꿈을 주시는 그분을 …

인생이 아름다운 것은
꿈을 주시는 분이 있기 때문이야
그리고, 멋진 그림을 그리는
그분 손에 너를 한번 맡겨봐

그날 그날의 삶도 중요하지만
우리 인생(Whole Life)의
목표가 있느냐가 더 중요해
그것은 어떤 사람이 되어 가느냐 하는 것과

비례하는 아주 중요한 상관관계라구
오늘의 나는
바로 어제의 꿈이기도 한 거야

좋은 꿈을 갖도록 해
행복한 그림을 그려보라고
그러면 멋진 인생이 만들어진다구

얼마만큼 최선을 다하고 있는지
거기에 초점을 두도록 해
그러면 삶이 행복한 거야

결과도 중요하지만
더 중요한 것은 과정일 수도 있어

과수원지기는 맛있는 열매를 딸 때보다
이쁘게 익어가는 것을 보며
더 행복해할 수 있는 거라구.

허참 …
정말이라니까!?

내가 먼저 …

누군가에게
행복을
믿음을
사랑을 주고 싶으신가요?

누군가로부터
칭찬을
격려와
위로를
사랑을 받고 싶으신가요?

누군가와 무엇인가를 주고받는 거
그거 참으로 좋은 것이지요

친분은 더욱 쌓여가고
서로 간의 정 나눔도 되니까요

크고 작은 문제가 아니잖아요
성의가 담긴 마음의 문제이지요
김영란법은 참 잘 만든 거 같아요

우리 서로 서로
정 나누며 사는 삶이 되었으면 해요
인심도 메말라가고
사랑도 식어져 가는 세대에
인심도 넉넉
사랑도 풍성하면 좋잖아요

그것들을 주기 위해서는
내가 먼저 행복해야 하고
사랑으로 가득 차있어야 하고
거짓되지 않은 믿음이 있어야 한다는 것을
시간이 갈수록 느끼게 되는군요
누군가에게 생수를 주기 위해서는
우물물이 마르지 말아야 한다는 이치를 …

그래서 나를 먼저 돌아보기로 했어요
내 마음에 미움 덩어리는 없는지
불평과 시기하는 마음은 없는지 말입니다

가만히
살며시
현미경으로 구석구석
나의 세포 하나까지도
들여다보니

너무나도 메말라 있고
마음밭도 갈라져 있고
가슴에는
미움덩어리
행복도 사랑도
어디쯤인지 보이지도 않네요

글을 쓴다고 하는 거
설교를 한다고 하는 거
누군가를 위해 기도한다는 거
그것이 얼마나 모순 덩어리였는지 …

치료받아야 할 사람은
위로받아야 할 사람은
사랑받아야 할 사람은
설교를 들어야 할 사람은
그 누가 아니라 바로 나라는 것을 발견하네요

내가 먼저
사랑으로 가득 차고
행복으로 가득 차고
변화되어져야 할 것을
오늘 이 아침에도 기도해봅니다.

허참 …
정말이라니까요!?

한번 도전해 보는 거야

사람의 일생에 있어
중요한 기회가 세 번 온다고 하잖아
어떤 사람은 그 기회를 붙잡고
어떤 사람은 주저주저하다 놓치고 …

지금처럼 어려운 시대에
무언가 새로운 도전을 한다는 거
그거 쉬운 일이 아니라는 거 알아

그래도 무슨 일을 하려면
나의 성취를 이루려면
도전하는 것을 주저하지마

아무도 내일 일을 모르잖아

어차피 삶의 길이란 늘 도전이라구
그리고 늘 넘어지는 거잖아
넘어지는 것을 너무 무서워 마

아가들이 일어나 걷기 위해서
평균 2500번을 넘어진다고 하잖아
넌 이미 2500번이나
도전했다가 넘어진 사람이야
태어나면서부터 이미
인생 도전에 들어선 거라구

미국의 샤갈이라 불렸던 해리 리버만은
77세가 넘어 그림을 그리기 시작해서
101세에 스물 두 번의 전시회를 가졌다고 하잖아

도전했다가 넘어지는 것은
실패가 아니야
그것은 모험이라구

도전했다가 실패해도
사람들은 참 잘했다고

큰 경험을 쌓았다고 칭찬하잖아

성공한 사람들의 공통점은
도전정신이 있고
그저 그런 보통 사람들은
그것을 주저하잖아

모든 믿음의 사람들은
보이지 않는 내일을 향해
과감하게 발걸음을 옮기더라구

인생에 있어 최선이란
넘어지고 쓰러져도
다시 일어나서 도전하는 거라구

한번 도전해봐
도전해도 아니해도
어차피 인생은 넘어짐의 연속이라구.

허참 …
정말이라니까!?

욕심은 버리는 거야

욕심은
질투는
시기란 놈은
어디로부터 온 것일까?

다툼은
성냄은
불평이란 놈은
어디로부터 온 것일까?

왜 사람 사는 동네에
이런 못된 것들이 왜 있는 걸까?
어떤 사람은 말하지

"그러한 것이 있기 때문에
세상사 발전하는 거라고 …"

아무리 생각해보아도
그것은 아닌 거 같다
발전하면 할수록
삶의 질은 좋아질지 모르지만
삶의 질이 사람을 평화롭게 하지 못한다

발전하지 못해도
오래 살지 못해도
정 나누며 따뜻하게 사는 것이 좋을 때가 있었다

순박함이 그리움이 되어버린,
신실함과 의로움이 덕목이었던,
가난해도 이웃을 생각하며 살던
그 삶이 고상한 것은 아니었는지 …

생각이 달라 헤어지고
성격이 달라 헤어지고
힘들게 함이 싫어 헤어지고

서로가 아닌 나 중심의 삶이 되어버린
동물적이며 이기적인 욕심은
버려야 한다

잘됨의 기준이
가짐의 기준이
왜 부와 지식,
지혜, 건강 등이어야 하나

행복함의 기준이
거기에 있는 것이 아니라
자신의 고상한 취미를 위해 살고
함께 아름다운 노래를 부를 수 있는
바라는 것이 욕심이 아닌
평화와 사랑이었더라면 …

"물러나라"가 아니고
"네가 해야만 돼"
"내가 더 가져야 해"가 아니고
"네가 더 가져야 해"라고 한다면
얼마나 좋을까

행복과 기쁨은

많이 가질수록 행복하지만

욕심은 많이 가질수록 불행해지는 거야.

허참 …

정말이라니까!?

다시 시작해봐요

어제의 실패가 있었고
어제의 아픔이 있었던 사람은
다시 시작한다는 것이
아주 커다란 의미가 있습니다

더욱 희망적입니다
할 수 있고
잘 될 것이라는 신념이 더욱 강합니다
한 번의 실수에서 얻어진
귀한 경험이 있기 때문입니다

'칠전팔기' 라는 말을 들먹이지 않아도
사람이 희망적인 것은

다시 시작할 수 있다는 것 때문입니다

주저앉지 마십시오
포기하지 마십시오
절망하지 마십시오
다시 시작할 수 있는 내일이 있기 때문입니다

어제의 실수는
오늘의 교훈이 되고
내일을 열어가는 열쇠가 됩니다

어제의 아픔은
내일의 희망이 되고
진정한 승리가 무엇인가를 알게 해줍니다

우리
다시 시작해볼까요?

세상은,
내일을 바라보는 자에게
다시 시작하는 자에게

포기하지 않는 자에게
성공이라는 행복과 선물을 가져다 준답니다.

허참 …
정말이라니까요!?

행복 메이커

나는 네가 잘 되고
세상 사람 바라는 출세도 하면 좋겠으나
너는 다른 사람을 더 잘 되게 하고
행복하게 해주는
행복 메이커가 됐으면 좋겠어

사람들은 말야
성공도 하고 명예도 얻고
소위 출세도 했지만
행복하게 사는 사람들이 별로 없더라구

사람의 행복한 것이
많이 갖고

많이 배우고
잘 되고 한 거기에 있지 않더라니까

나는 말야
네가 가는 곳마다
행복을 심어주고
모든 이들이 너로 말미암아
행복해질 수 있다면 좋겠어

그래서 사람들이 너를 기다리고
너를 즐거워하고
너와 함께 있고 싶어 하는
그런 사람이 되었으면 좋겠어

그것은 말야
돈으로도 살 수 없고
많이 배우고 똑똑하다고
그렇게 할 수 없는 거야

어떤 사람은
가는 곳마다

모임을 깨뜨리거나
화합하지 못하는 사람도 있어

너는 말야
모임을 세우고
다리가 되어주는
건설적인 사람이 되었으면 좋겠어

지혜가 많아 교만한 사람보다
사람을 웃길 줄 알고
기쁨과 소망을 나눠줄 수 있는
약간은 위트있는 사람이 되었으면 해

행복은
누가 네게 줄 때가 아니라
네가 누군가를 행복하게 해줄 때라는 것을 잊지마.

허참 …
정말이라니까!?

마음이 통하는 사람

바늘방석이란 말이 있잖아
좋은 자리에 있으면서도
'좌불안석 …'
상대방의 의중을 몰라 불안해하는 그런 …

아무리 좋은 자리
좋은 것을 품고 있어도
함께 하고 있는 사람과 마음이 통하지 않으면
그거 불안한 거잖아

그러고 보면
무엇을 가졌느냐 하는 것보다
누구랑 함께 있느냐가 더 중요해

마음이 통하는 사람

눈빛만 보아도 사랑을 느끼고

한마디 말에 열을 이해해 주는 사람 …

이 사람과 함께라면

이 밤도 영원할 것만 같은 …

그런 사람과 함께 하고 있으면

세상의 어떤 좋은 것도 눈에 들어오지 않아

환경이 나쁘다고 탓만 하지마

내겐 좋은 사람 없다고 불평하지마

내 마음이 행복하면

다른 이들도 행복하고

내가 좋은 사람 되면

다른 이들도 좋은 사람 되는 거야

무엇을 이루고자 하는 목적이 있다면

그것을 갖기 위한 노력보다

먼저 마음이 통하도록 해 봐

마음이 통하면 이루지 못할 것이 없어

잠 자리가 좋으면
꿈도 좋은 꿈을 꾸는 거야
편안한 잠을 잘 때
행복한 꿈을 꾸게 돼 있지

너의 주변 환경을 좋게 만들어봐
그러면, 네가 행복해질 수 있다고.

허참 …
정말이라니까!?

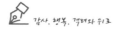

마음을 먹고 사는 사람

사람은 여타 동물과 달라서
마음으로 살아가는 동물입니다

행복의 기준 역시
겉에 있는 것이 아니라
마음에 있음을 잘 알고 있습니다

아무리 배가 불러도
마음이 고프면 불행하고
배가 좀 고파도
마음이 부유하면 행복합니다

아무리 힘들고 어려운 일 당해도
마음이 단단하면 이겨나가잖아요

마음이 좋아야 하는 거라구요

선물을 주면서 하는 말이
"이거 내 마음이야" 하잖아요
마음을 준다는 것은
나의 몸을 주는 것보다
더 가치가 있다는 거지요

그런데, 정말 그렇게 생각하고 있나요
"이까짓 게 선물이라고!?" 하며
분통해하지 않았나요?

우리 서로 마음이 하나 되도록 해봐요
함께 하고 있어도
마음이 천 리 밖에 있을 수 있잖아요
동상이몽(同床異夢)이라 하잖아요
마음이 다른 데 가 있는 것을 알면
배신당한 것처럼 기분 나쁘지요?

좋은 친구를 갖기 원하는 것도
일상의 삶을 떠나

자신만의 취미 생활을 하는 것도
모두 다 마음의 부요를 위한 거잖아요

나의 마음을 담아주고
그의 마음을 담아줄 수 있는
그런 그릇이 되었으면 해요

열 친구 있어도
마음 나눌 친구 없다면
왕따가 따로 없는 거잖아요
마음을 토로할 수 있는
친구 하나 있으면 부러울 게 없겠어요

이제부터는
겉모습을 보고 친구를 사귈 것이 아니라
속마음을 보고 사귀는 법을 배워야겠습니다

마음을 먹고 살면서도
배부른 삶을 살아봐야겠어요.

왜 남의 떡이 더 커 보이는 걸까?

참 이상하다
똑같이 무게를 달아서 나눈 것인데
왜 남의 떡이 더 커 보이는 걸까?

그래서
슬쩍 바꿔놓고 보면
그래도
그 떡이 더 커 보이거든?

물건을 살 때도 마찬가지야
같은 값인데
이거 들어보고
저거 들어보고 그런다

남의 손에 있는 떡이
더 커 보임은 왜일까

내 눈이 잘못된 걸까?
아님, 내 마음이 잘못된 걸까

사람은 근본적으로
나보다 남이 더 갖는 것을 원하지 않더라구
나보다 남이 더 잘되는 것도 원하지 않아

내가 더 가져야 하고
내가 더 잘되어야 하거든
입으로는 여전히
"네가 잘되기 바랄게"하면서 …

내 떡이 더 커 보여야
작은 떡 가진 사람에게
나눠줄 마음이 생기지 않겠니?

마음의 부요함을 갖도록 해봐
공기 한 모금 마셔도

물 한 모금 마셔도

그것으로 한번 감사해봐

그러면 내 손에 들려있는 떡이 더 커 보일 거야

감사하는 마음은

내가 가진 것이 더 크고

더 많다고 느껴질 때야

분명 빈손으로 왔는데

지금까지 잘 지내고 있잖아

가진 것은 또 얼마고 …

부요한 마음은

사람을 넉넉하게 만들어준다고.

허참 …

정말이라니까!?

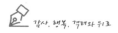

어제는 지나간 것이 아니라 추억이야

지나간 어제를 바라보며
가슴 아파하지마
어제는 지나간 것이 아니라 추억이야

지나간 것이 많다고 생각하는 사람은
후회가 많은 사람이고
추억이 많다고 생각하는 사람은
행복한 사람이야

어제가 좋았던 사람은
과거에 잡혀 사는 사람이고
행복하기를 원하는 사람은
내일을 바라보는 사람이야

인생의 초년보다는 중년이
중년보다는 말년이
더 좋아야 하는 거라구

생각을 바꾸는 것은
종이 한 장 차이야
행복을 만드는 것도
너의 생각에 달려있지

내일도 내가 열어가고
행복도 내가 만들어가는 거야
사람은 창의적인 존재로 만들어졌거든

어제의 아픔도
지나간 불행도
오늘 다시 시작할 수 있어

어제 아파본 사람이
오늘 기뻐할 줄 알고
오늘 기뻐하는 사람이
내일 행복한 거야

어제가 있어

오늘이 있고

오늘은 또 내일을 열어가는 통로란다

통로가 닫힌 사람은

어제를 바라보는 사람이며

통로가 열린 사람은

내일을 열어가는 사람이지

내일을 여는 Key

지금, 네 손 안에 있다구.

허참 …

정말이라니까!?

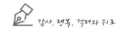

너무 낙심하지마

지금 네 손에 무엇이 있지?

무엇을 갖고 있니?

무엇을 잡고 있느냐구

무언가 분주하게 좇아다니며

무언가 한 거 같은데

왜 잡은 게 하나도 없지?

이해할 수가 없어

왜 그냥 다 두고 가야 하느냐구

두세 살 될 때부터

이것저것 배우고

듣고 보고한 게 얼마나 많은데

왜 빈손으로 가야 하느냐구

무언가 머리 속에 담은 거 같고
많은 말도 한 거 같고
들은 것도 많은 것 같은데
왜 머리 속이 텅 비어 있느냐구

그뿐 아니라
나를 기억해 주는 이도 없잖아
그저 잠시 슬픈 마음으로
함께 하는 것 같다가도
언제 알았냐 하거든?

나의 그 모든 것이
바람을 잡으려 한 거라구?
그 모든 것이 헛된 거였다구?
그래, 그렇게 보일 수도 있어

아무 것도 한 것 없고
남긴 것 없다고
너무 낙심하지마

그동안 네가 살아와 준 것만으로도

너는 이미 많은 일을 한 거야
이미 너는 너의 역할을 충분히 해준 거라구

가만히 지나온 너의 삶을 헤아려봐
그동안 네가 누린 거
그리고, 알게 모르게
너의 도움을 받았던 이들도 많을 거야

하늘 아래 어디에선가
너를 기억하고 너에게 감사하며
너를 위해 기도하는 손길들이 있다는 것을 기억해둬

그러면, 이 감사의 계절에
감사하는 마음으로 두 손을 모으게 될 거라구.

허참 …
정말이라니까!?

4부

자연과 건강
시사 · 사회

허우대만 멀쩡해서

제가 살고 있는 이곳
필라지역의 나무들은
상당히 크고 잘 자라 있습니다

비가 자주 오고
토양도 좋고, 햇빛도 좋아서
쑥쑥 잘 자라기 때문이지요

그러나, 태풍이 지나가던가
바람이 거세게 불면
커다란 나무도 뿌리째 뽑혀
쓰러져 있는 것들을
종종 볼 수가 있습니다

뿌리가 깊지 못하기 때문입니다
물 좋고 토양 좋아서
굳이 뿌리를 깊게 내릴
이유가 없기 때문입니다
그런 나무를 가리켜 웃자란다고 하지요

요즘 한국의 젊은이들
잘 살게 되면서
잘 먹는 관계로
쑥쑥 잘들 자라서
미남 미녀들이 많습니다

그럼에도 불구하고
제대로 힘을 쓰지 못하고
끈질긴 것도, 악착스러운 면도 없이
허우대만 멀쩡하다는 것입니다

교육열이 높아
다들 대학 문턱을 지나고 보니
자존심만 커지고
실속 없이 멋만 들은 것이지요

뭐 하나 맡겨놔도
제대로 하지도 못하고
바로 싫증내고 포기도 잘합니다

그러다 보니 실업률은 높아지고
외국인 노동자들이 들어와 일하고 있지요
어디서 못된 것은 배워서
고생하는 그들을 착취하고
신분 문제로 골탕 먹이고
성추행까지 하는 추태를 부립니다

한국에서 학 · 박사였더라도
이곳 미국에 오면
식당 일을 해야 하고
세탁소나 페인트 통 들고 나가야 합니다
수많은 사람들이 더위와 싸워가며
건축 일을 하고 있습니다

넘쳐나는 실업률
일이 없어서가 아니라
일할만한 사람이 없을 뿐입니다

일의 귀천을 따지지 마십시오
저도 온갖 일 해봤습니다

아무도 뭐라 하지 않습니다
자기 스스로가
비천하다고 소리치고 있을 뿐입니다

자기의 벽을 넘어서십시오
상대는 싸워 이길 수 있으나
자기의 벽을
무너뜨리지 못하는 것이 문제입니다.

허참 …
정말이라니까요!?

소통이 잘 되어야

건강하게 살려면
혈액순환이 잘 되어야 해
혈액순환이 안되면
고혈압도 오고
더 심해지면 뇌졸중도 오게 되지

혈액순환이 잘 되는 사람은
몸도 따뜻하지
몸이 따뜻해야
잔병도 걸리지 않고
마음도 따사로워지는 거야

혈액순환이 잘 안되면

사람 마음도 조급해지고
조급하다 보면
짜증도 잘 내게 돼있어

죽은 사람의 몸은 차가워
죽었기 때문에
혈액 소통이 안되는 거지
혈액 소통이 된다는 것은
살아있다는 거라구

사람과 사람 사이에서도
소통이 잘 돼야 해
소통이 잘 된다는 것은
관계가 좋다는 거잖아

부부 간에도
부모와 자녀 간에도
친구 간에도
연인 간에도
냉랭한 기운을 느낀다면
소통이 안되고 있다는 거야

몸이 아프면
정기검진을 받는 것처럼
소통이 안될 때에도
정기검진이 필요해

어디가 막힌 것인지
어디가 잘못된 것인지
약으로 될 것인지
수술할 필요가 있는지
살펴봐야 한다고

혈액순환이 잘 되어서
건강하고
소통이 잘 되어서
평안하게 살아갈 수 있도록
막힌 부분을 '뻥' 뚫어주고 살아보자고.

허참 …
정말이라니까!?

웃음으로 하루를 시작해봐

웃음으로 하루를 시작해서
웃음으로 하루를 마치고 싶지?
그렇게 늘상
좋은 일만 있다면 얼마나 좋을까

그렇지만 그것은
더 무료하고 재미가 없을지도 몰라
삶이란 것은
웃을 일도 있고
울 때도 있고 그런 거거든

그러나 울 때에도
속으로는 웃을 수 있는 너였으면 좋겠어

삶의 무게에 짓눌려
그늘진 그림을 그려가며 사는 것보다
그래도 밝은 그림을 그려가며
사는 모습이 더 보기 좋거든

웃으며 하루를 열어가려면
잠을 잘 자고 일어나야 해
잠 자리 들어갈 때에는
모든 것 다 잊어버리고
평안한 잠을 자야
아침에 웃으면서 일어날 수 있어

한번 생각해봐
웃고 시작하는 하루와
짜증으로 시작하는 하루
그날의 일들이 어떨지 상상이 되지?

웃음을 잃어버린 사람들 …
그런 모습에서 나오는 행동이 어떠할 것 같니?
사람들이 보면
자기랑 무슨 감정이라도 있는 줄 알잖아

억지로라도 웃어봐

자꾸 웃으면 마음도 환해져

마음이 환해지면

웃음이 저절로 나오고

삶이 즐거워지게 돼

웃음에도

희한한 능력이 있어서

우리 몸을 회복시키고

건강을 불러오기도 해

그래서 가능하면

안 좋은 일이 있어도

떨쳐버리려고 노력해봐

좋은 일이 있으면

그것을 더 즐겁게 하도록 해

좋은 아드레날린이 더 많이 나오거든

마음이 무거워지면, 몸도 힘들어지고

웃음은 아주 멀리 날아가 버린다구

웃음으로 하루를 시작해봐

웃음도 불쾌함도

전염성이 강해서

웃는 일이 많아지면

주변이 밝아지고

불쾌함이 많아지면

주변 사람이 다 힘들어하는 거야.

허참 …

정말이라니까!?

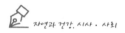
마음도 좀 쉬어 주도록 해

육체의 병이 있듯이
마음의 병도 있잖아
마음이 아프고 피곤하면
육체는 더 아프고 더 피곤해

육체의 건강을 위하여
운동도 하고 관리를 해주듯
마음의 건강을 위해서도
운동도 해주고 관리를 잘해줘야 해

마음의 운동이란
좋은 책 읽기도 되고
좋은 영화 감상도 좋고
신나는 노래를 불러봐도 좋아

때로 마음 편한 사람 만나서
부담 없는 대화 한마디는
그 어느 약보다도 효과가 좋아

마음의 관리는
규모 있는 생활
절제 있는 생활
탐심을 버리는 것처럼
최고의 관리는 없어

그리고,
절대 누군가를 미워하지마
미움은 마음의 관리를 컨트롤하는
모든 세포를 파괴하는 능력이 있어

미움이란 병에 걸리면
모든 주변 사람이 다 힘들어져서
간호하기도 힘들다구

미움은 스트레스의 시작이야
마음의 병이 깊어지게 된다구

그런데,

누군가를 한번 사랑해봐

사랑이란 호르몬으로

몸과 마음의 혈관에 돌게 하면

육체의 병도

마음의 병도

순식간에 나아버려

분주한 마음을 쉬도록 해줘 봐

복잡하던 삶이 정리되고

마음의 부요와 평안을 맛볼 수 있을 거야

적당한 육체의 금식이

더 건강하게 해주는 것처럼

적당한 마음의 금식도

마음을 건강하게 해준다고.

허참 …

정말이라니까!?

감정은 조절할 수 있는 거야

❀

사람이 동물과 다른 점은
좀 더 생각할 수 있다는 거야
어떤 결정을 내릴 수도 있다는 거지

갑작스런 상황에서도
위기를 극복할 수가 있어
누가 와서 뒤통수를 치지 않는 한 …

사람의
순간 생각하고 결정하는 능력은
말 그대로 순간이야
그런데, 아주 짧은 그 순간이
늘 문제지

그 순간만 지나면
서로에게 더할 나위 없이 좋은데
그 한순간의 감정이 모든 일을 망쳐버리더라구

감정을 그리 쉽게 드러내면 안돼
좋은 감정은 쉽게 드러내도 좋지만
나쁜 감정은 조금 누그러뜨릴 수 있도록 해봐

사람이니까
생각이 있으니까
배려할 수 있는 마음이 있으니까
순간의 감정으로 일을 망치지 말도록 해봐

미성숙한 아이들은
감정 컨트롤이 잘 안 되지만
어른이라면 할 수 있거든
어떻게 하면 서로에게
득이 될 것인지를 생각할 수 있다구

네 마음을
네 감정을

예민한 감성이 아닌
풍부한 감성으로 채우도록 해봐
그러면 우리가 살아가는 세상이 한결 아름다워질 거야

풍부한 감성은
보다 더 넉넉한 생각을 가져오더라구.

허참 …
정말이라니까!?

시기하지마

사촌이 땅을 사면 배가 아프다구?

너무 아파하지마

그러다 배탈이라도 나면 어쩌려구?

형제가 잘 되면 좋은 거 아냐?

그러다 네가 잘 되면 누가 축하해 주겠어?

남이 잘 되는 거 가지고 시기하지마

남이 행복해하는 거 부러워하지마

사람들은 이상하게

칭찬에도

격려에도 인색하더라구

그거 내 안에 시기하는 게 있어서 그래

칭찬에 인색하지 말고
인정할 것은 인정해 주라구
깨끗하게 승복할 줄 아는 거
진심으로 축하해 주는 거
그거 참 신사만이 할 줄 아는 거야

내가 좀 잘 된다고 교만하지 말고
안 되는 사람 좀 돌아봐 줘
내가 좀 안 된다고 주눅들지 말고
더 열심히 해봐
쥐구멍에 볕들 날 있잖아

시기란 놈은
남이 잘 되는 것을 못보더라구
마치 잘 자라는 곡식을
갉아먹는 벌레와 같아

어린아이들이라면
머리도 쓰다듬어주며
참 잘한다고 칭찬해 줘봐
그거 식물에 물 주는 거랑 같아

어른들에게도 칭찬이 필요해

특히 나이가 들어갈수록 더 …

못한다고 타박하면

잘하던 것도 더 못해

조금 못해도 잘한다고 칭찬하면

신이 나서 더 잘하는 거야

시기하는 거

그거 덜 자란 아이들이나 하는 거야

다 자란 사람은

어떻게 해야 남이 좋아하는지를 먼저 생각한다구

시기하지마

그거 네 몸과 마음을 망가뜨리는 거라구.

허참 …

정말이라니까!?

보양을 잘해주어야

부실한 몸이 속히 회복되려면
보양을 잘해주어야 해
보양도 잘해주어야 하지만
보양을 해 주는 사람도 환경도 중요해

아무리 잘 먹어도
보양해 주는 사람이나
환경이 안 좋으면 그거 소용없어

나라를 살피고
백성들의 영양을 살피는
여의도 사람들이
오랫동안 앓아온 백성들을
환자를 보양하는 마음으로 돌봐주었으면 좋겠어

곳곳에 썩어빠지고
녹슬어 있던 관행들도
잘못되어 있던 정책들도
새롭게 거듭나도록 해야
진정한 보양이 될 수 있을 거야

무엇보다
같은 한솥밥을 먹고 있는
사람들의 의식과 수준이
이번 기회에 대폭 수술을 받아야 해
그러지 않으면 더 심한 몸살을 앓게 될 거야

우리의 조국이 심한 몸살로
한 겨울을 지나며 고생을 했잖아
서로서로 보다듬어주고
필요한 거 채워주며
보양에 힘을 써야 해

세포가 살아나고
새 살이 돋아나고
골다공증처럼 뻥 뚫렸던 곳들도

연합된 마음들로 다져가고
포근하고 따사로운 사랑으로 채우면서
다시 세워나가는 작업을 해야 한다고

구태의연한 모습은 이제 그만 버리고
푸른 집을 나서는 이는 대통령이 아닌
바로 나 자신이라고 생각하면서
반면교사(反面敎師)로 삼는 돌이킴이 필요하다고.

허참 …
정말이라니까!?

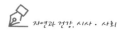

사랑을 힘들게 하지마

사랑이 힘들어하잖아
사랑이 기뻐야 하는데
사랑이 행복해야 하는데
사랑을 슬프게 하지 말아 줘

어제는 좋았었는데
어제는 행복했었는데
어제는 꿈 같았었는데
사랑을 힘들게 하지 말아 줘

잡은 손을 놓지 말아 줘
험난한 길을 갈 때에도
파도가 휘몰아 칠 때에도

두 손으로 꼬옥 붙잡아줘
사랑은 놓는 것이 아니라 붙잡아주는 거야

미안하다는 말도 하지 말아 줘
이해해 달라는 말도 하지 말아 줘
용서해 달라는 말도 하지 말아 줘
사랑은 이미 그 모든 것을 품어주고 있는 거잖아

사랑은 힘들게 하는 게 아니야
사랑은 눈물이 아니고
사랑은 아픔이 아니야
사랑은 행복을 일구어가는 거야

어느날 갑자기
행복의 열매를 따는 게 아니라구
밭을 일구고 돌멩이를 골라내고
가시덤불을 걷어내면서
좋은 밭을 만들어가는 거야

사랑은 한 올 한 올 수를 놓아가는 거야
바늘에 손가락 찔려가며

밤을 새워가며
사랑을 엮어가는 거라구

사랑을 힘들게 하지 말아 줘
사랑이 힘들어하면 너도 힘들어
사랑이 아파하면 약이 없다구.

허참 …
정말이라니까!?

* 사랑은 우리 각자이며, 나의 조국이기도 합니다.

기둥은 흔들지마

든든한 기둥을 박기 위해
땅을 얼마나 팠는데
얼마나 많은 수고를 했는데
그걸 뽑으려고 안달이니?

기둥이 무너지면
다시 세우기 힘들어
기둥이 무너지면
모두가 다치기 때문이야

가끔 바람이 불어와
벽이 허물어지고
지붕이 날아가기도 하지만
기둥이 있어서 집은 무너지지 않잖아

조그만 의견 차이로

다툼이 있고

오해가 있을 수 있지만

그럴 때일수록 냉정해져봐

지붕도 갈을 수가 있고

벽도 새롭게 단장할 수가 있어

기둥은 더 든든히 세워가야지

무너뜨리는 게 아니야

성형수술은

겉에 보이는 것들을 하는 거지

속에 있는 것들은 더 든든히 세워가는 거야

기둥이 든든해야 수술도 하는 거라구

너도 나도 기둥을 잡아주는

연결고리가 돼줘야 해

그것이 하나둘 끊어지면

언젠가는 기둥이 무너진다구

가장이 무너지면

사장이 무너지면
집안이 망하고
회사가 망하는 거야

기둥은 잡아줘야 하는 거지
흔드는 게 아니야
기둥이 무너지면 모두가 다쳐
근본은 건드리는 게 아니야.

허참 …
정말이라니까!?

* 대통령 탄핵을 바라보면서…

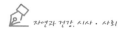

오호라 통재여!
오호라 대한민국이여!

아니 그래도 두 동강 난 조국이
또 다시 동강 났구나

보수와 진보
우파와 좌파

아! 서글퍼라

노론 소론
남인 서인
전라도 경상도 …
이 썩어빠진 파당과 지역감정이여!

어찌 기둥 썩는 거 모르고
서까래만 가지고 탓하나
어찌 제 눈에 들보 있는 거 모르고
남의 눈 티 들어있음을 나무라는가?

역사(歷史)가 왜 있는 것인가?
후세에 교훈을 주고
더 나은 역사를 만들어가고자 함이 아닌가

잘못 끼워진 단추
바로 잡아나갈 생각은 않고
굶주린 승냥이들처럼
자기 배만 채우고자 하는구나

오호라 통재여!

반 만 년의 백의민족이
동방의 예의지국이

어찌 이리 길을 잃어버렸는가
어찌 이리 나락의 길을 걸어가는가

어느 때에나 하나가 되려나
어느 때에나 어깨동무하고 갈거나
한 발씩만 양보하면 되는데
먼저 손 내밈이 그리도 힘이 들꼬?

상부상조(相扶相助)하면 함께 살고
서로 물고 뜯으면 함께 망함의 이치를
어찌 모른단 말인가?

나 혼자 내 배 채우면
행복할 거라 생각 마라
다 같이 배불러야 좋은 세상이라는 거
삼척동자도 알고 있는 거야.

허참 …
정말이라니까!?

*2019년 여름 한국을 바라보며…

법은 지키라고 있는 거야

"법" 하면
뭔가 기분이 좀 그래
"밥" 하면 기분 좋은데 …

어떤 단어들은
쓰기만 해도
말하기만 해도
기분 좋은 것들이 많잖아

그런데
'법' 이란 글자는
꼭 뭔가에 구속당한 것 같고
내가 뭐 잘못한 거 같기도 하고 …

허긴 뭐

어떤 사람들은

"법이 뭐 어때서!?"

"내가 뭐 잘못한 거라도 있어?"라고

큰 소리 떵떵 치기도 하더라만…

정말 그럴까?

그렇게 큰 소리칠 만큼

가슴 펴고 다닐 만큼

부끄럽지 않은 사람이 있을까?

길가에 자그마한 쓰레기 하나라도

버리지 않은 사람 있을까?

어쩌다 차량 위반 한번 안 해본 사람 있을까?

세금신고는 또 어떻고 …

사실 법 위반한 거 생각하라면

나는 밤새 생각해도 다 못할 거야

제대로 법 지킨 거 생각하는 게 더 쉬울 거야

법이란 말야
지킬수록 기분이 좋고
잘 지킬수록 선진국이란 말을 듣잖아

그런데,
법보다 주먹이 가깝다는 말처럼
우선 내 편리주의로 사는 경향이 많거든?
그래놓고 뒤에 가서
살살 타협을 하려고 한다고 …

법이란
타협해서
변호해서
해결되는 게 아니야
법은 존중하고
잘 지켜주라고 만들어진 거야

법은 질서를 잡기 위함이야
질서가 잡혀야 비로소
모든 것이 편리해진다구
사람들이 편안하게 사는 거잖아

편리하게
질서 가운데 살기 원하면서도
사람들은 법을 안 지켜요
그러면서 입으로는
법을 지키라고 호통이지

법이란
질서를 지켜라
법을 지켜라 라고
떠들어대는 게 아니야

법은 그냥 내가 먼저
지키면 되는 거라구.

허참 …
정말이라니까!?

당신의 구멍은 안녕하십니까?

함께 탁구를 치는 분 중에
한의사 한 분 계신다
70이 넘으셨지만
건강하게 탁구를 즐기신다
70이 다 되어가거나
넘으신 분들이 몇 분 계신다

어제는 대화 중에
건강에 대한 이야기가 나오자
이 분 말씀하시기를
사람이 나이가 들어가면
몸에 있는 구멍이
먼저 약해진다고 하신다

들고 보니 그렇다
60년, 70년, 80년 사용하는데
어찌 헐거워지고 약해지지 않겠는가

그리곤,
내 몸의 구멍을 보니 모두가 다 약한 것 같다

눈에 안경 걸친 지 오래고
귀에서도 소리가 나고
입 안도 엉망이다
아래 구멍도 건강치 못하다

그러고보니 아직 콧구멍은 괜찮은 듯 싶다
숨을 잘 쉴 수 있으니
아직 좀 더 살아 있을 것 같은 기분이다

얼마나 많은 노인 분들이
눈이 안 보이네
귀가 안 들리네
밥도 제대로 씹어 먹지 못하네
요실금에 전립선까지

구멍이란 구멍은 다
약하다고 말들을 하잖는가

어찌할꼬?
건물을 관리하듯
우리 몸도 관리를 잘해주어야 오래 간다

아는 분 중에 80이 넘은 분이 있다
얼마나 관리를 잘하시는지 60대처럼 보인다
이것저것 건강보조식품에다
적당한 운동도 하시며 건강을 챙기신다

사람이 대체적으로 나이가 들어가면
살도 빠지게 마련이다
나이가 들어서도 살이 찐다는 것은
건강하다는 증거이다
이 분은 아직도 살이 찌는 스트레스를 받는다

다행한 것일까?
나도 60이 넘은 지 한참 되었는데
아직도 살이 오르고 있다

건강하다는 신호로 알고 감사를 드린다
그러나, 더 이상은 찌지 말아야겠다
무거워져 나다니기 힘들어지면 안 되니까.

허참 …
정말이라니까!?

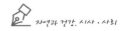

무모한 싸움은 하지마

처음부터 아예 싸움을 안 하는 것이
현명한 일이지만
세상을 살다 보면
이 모양 저 모양
다투어야 하는 일이 종종 있기 마련이야

그러나 쓸데없는 소모전은 하지 말아야 해
둘이 싸우다 한 사람이 지면
한 사람만 손해 보면 되지만
어떨 때는 둘 다 손해 보는 싸움도 있어

서로 손해 보는 것은 또 그렇다 하더라도
둘의 싸움 때문에 제3자까지도 손해 보면 안 되잖아
그런 싸움은 하지 말아야 해

고래 싸움에 새우등 터진다고 하잖아
남편이,
아내가 바람피니까
나도 맞바람 피겠다고 하면
온 집안이 망하는 거야

불은 끄고
싸움은 말리고 봐야 해
불난 집 부채질하면 안 되잖아
설사 말리다가 뺨을 맞더라도
말려야 살아날 기회가 있는 거잖아

그런데 요즈음 싸움은
물불 가리지 않고
앞뒤 분변도 없이 피터져라 싸우고
그것도 모자라 부채질까지 해대니
이런 미련한 싸움은 하지 말아야 해

집안이
회사가
나라가 망하면 안 되잖아

서로 살려줘도 살기 힘든데
서로 끌어내리고
물고 뜯고 하면
너도 망하고 나도 망하고
다 함께 망하는 거야

싸움도 상황 봐가며
지혜롭게 해야 한다구
그래야 서로 살 수 있는 거야.

허참 …
정말이라니까!?

거짓말 하지마

누구나 한두 번은
거짓말해본 적 있을 거야
그때 기분이 어땠어?
공연스레 얼굴을 숙이게 되고
남들 보기가 민망해지지?

거짓말도 자꾸 하면 자라나요
자라나서 습관이 되기도 하지
그러다 보면
거짓말로 도배가 된
인격이 형성된다고 …

거짓말로 살아가야만 하는

그 심정을 이해하겠니?
아~, 생각하기도 싫어

간혹 어떤 사람은
남을 속이면서 쾌감을 얻기도 하더라구
자기 자신이 병들어가는 줄은 모르면서 …

더 비참한 것은
모든 것이 거짓으로 보인다는 거야
남들이 다 나를 속이는 줄 알아요
믿을 사람이 없다는 거지

거짓말로 남을 속인다고 생각하지마
사실은 너 자신을 속이는 거야
그래서 더 비참하다는 거야

그래 맞아
원래 세상은 거짓말투성이라는 거
정직하지 않다는 거
그래서 하는 말인데
참된 정직이 뭔지 알아?

참된 정직이란
거짓을 솔직하게
인정할 줄 아는 거야

"난 거짓말쟁이에요
나를 용서해 주세요
다시 거짓말하지 않도록 도와주세요."라고
자신을 인정하는 거야

자신의 거짓됨을 고백하는 거
그거 아무나 하는 게 아니야
그러나 한번 해봐
거짓말 할 때보다
훨씬 큰 희열을 맛볼 수 있어

정직은
거짓을 인정하는 데서부터 출발하는 거야.

허참 …
정말이라니까!?

자연을 사랑해 줘

제발,

나 좀 살려줘!

나 좀 그만 핍박하라구!?

보이지 않니?

들리지 않니?

자연의 탄식 소리를 …

자연은 남이 아니야

나하고 관계없는 그런 것들이 아니야

자연은 나와 가장 가까운 이웃이라구

이웃과의 관계가 좋아야 하지 않겠어?

이웃이 기뻐하면
나도 기쁘고
이웃이 아파하면
나도 아픈 거야
더불어 살아가는 공동체거든 …

안그래도
무겁고 딱딱한 콘크리트 속에서
숨도 못 쉬고 있는데

이 군상들
툭하면 쓰레기를 버리지 않나
지들 좋다고 농약들 쳐대지 않나
여기저기 땅을 헤집어대지 않나
대지가 정신을 못 차리고 있다구

무심코 버리는 담배꽁초
차창 밖으로 던져지는 쓰레기

와~ 정말 …
쓰레기만도 못한 인간들

자기 집에서는 안 그러겠지
오히려 자녀들보고 야단치겠지
집안 좀 깨끗이 하라고
누군가 길가에 버리는 거 보면
몰상식한 사람이라고 또 흉을 봐요

지금 지구는 몸살을 앓고 있다구
재해의 상당수가
너희들의 뿌린 결과를 보고 있는 거라고

자연은 사람들과 함께 가는 동반자야
그 동반자를 버리거나 천대하면
너도 그들로부터 버림받게 돼

자연 사랑이
이웃 사랑의 시작이라구
이웃 사랑이
나를 사랑하는 것임을 잊지 말아 줘.

허참 …
정말이라니까!?

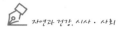

정성을 들여보게

사랑하는 가족일수록
허물없는 친구일수록
한 몸이라는 부부일수록
더 존중하며 배려하는
마음가짐이 필요한 거야

특히나
부부의 삶이란
학문처럼
시간과 정성을 들여야
얻는 게 있어
하루아침에
하나 되는 게 아니거든

세심한 정성과
배려가 없이는
깨어지게 되어있어
오래 참음이나
믿음이 없이는
금이 가게 되어있지

가깝다고 하는
친구나 부부일수록
많은 대화를 해야 해
거짓됨이 없는 순수한 대화 말이지

어쩌다 토라지는 일이 생겨도
어쩌다 원수 같은 마음이 들어도
대화하는 것을 쉬지 말아 줘
대화는 막힌 문도 열어주고
철옹성 같은 마음도 열 수가 있다구

부드러운 대화는
서로의 분위기를
한결 편안하게 만들어주거든

쉬지 말고
포기하지 말고
사랑으로
친근함으로
가까이 다가서도록 노력함이
화해의 첩경이 되는 거야.

허참 …
정말이라니까!?

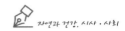

이민 1세대는
그러면 안 되는 것이었습니다

빈 주먹 하나 달랑 들고
고향 친척 떠나
머나먼 타국 땅에서 외롭게 살아오셨던
우리 부모님들은 그래도 되는 줄 알았습니다

자식 하나 잘 되기만을 바라며
이른 새벽부터 늦은 저녁까지
죽어라 하고 일만 하던 이민 1세대들은
그래도 되는 줄 알았습니다

이제 나이 들고 병들어 가족 품을 떠나
너싱홈*에 있으면서도 자녀들을 향하여

바쁜데 이리 자주 오지 않아도 돼
여기서 먹을 것 잘 주니까
그렇게 뭐 사 갖고 오지 않아도 돼
정말 그래도 되는 줄 알았습니다

내 걱정일랑 하지 말고
아이들 잘 키우면서 너희들만 잘 살면 돼
너싱홈*에 계시는 어머니 아버지들은
자녀들 없이도 행복하게 그렇게
잘 지내고 계시는 줄 알았습니다

날이면 날마다
밤이면 밤마다
식사를 하실 때마다
자녀들 먼저 생각하시는 우리 부모님들은
그래도 되는 줄 알았습니다

침상에 누울 때마다
자녀들이 그립고, 손주들이 보고 싶어
눈물 흘리며 기도하시는 부모님들은
그래도 되는 줄 알았습니다

주고 다 주어 자신을 비워내면서도

홀로 눈물을 삼키우는 …

어두운 밤 차가운 침대에서

지켜보는 가족없이 쓸쓸히 세상을 떠나시는 …

아~!

이민 1세대들은 그러면 안 되는 것이었습니다.

*필자는 아내가 중풍으로 너싱홈(간호사가 있는 요양원)에 10년 넘어 지내고 있으며
너싱홈에서 어르신들을 보살펴 주는 일도 해보면서 너싱홈의 사정을 잘 알고 있다.
미(美) 이민의 삶이 노후를 보내야 하는 어르신들에게는 커다란 마음의 아픔이기도 하다.